그믐,

또는
당신이
세계를
기억하는
방식

제20회 문학동네작가상 수상작

그믐,

또는
당신이
세계를
기억하는
방식

장강명 장편소설

문학동네

차례

패턴
시작
표절

찔러봐, 라고 그 아이가 말했어.

남자가 말했다.

찔러봐, 찔러보라니까? 여름날 더러운 개울가의 날벌레들처럼 아이들이 몰려들었다. 미친 새끼. 칼을 든 아이를 누군가 뒤에서 발로 찼다. 병신 새끼. 존나 찐따 같은 게 칼 들고 지랄하고 있네.

아이는 칼을 휘둘렀다. 처음에는 긋고 다음에는 찔렀다. 무슨 일이 일어난 건지 깨달은 구경꾼들이 달려들어 그를 걷어차려 할 때, 아이는 칼을 쥔 작은 주먹을 옆으로도 휘둘렀다. 날벌레들이 흩어졌다. 칼에 찔린 아이는 어, 이게 아닌데, 라는 표정을 지으며 죽어갔다. 담임교사가 왔을 때, 놀림을 받았던 아이는 부러진 칼로 넝마가 된 몸뚱이를 휘젓고 있었다. 아이는 칼을 쥐는 법에 서툴러 제 양손에 상처를 잔뜩 냈다. 자신의 땀과 타인의 피에 가는 머리카락이 흠뻑 젖었다.

여자는 눈을 감고 남자의 이야기를 들었다. 울면서 칼을 휘두르는 소년과 남자의 얼굴을 연관짓고 싶지 않았다.

그렇게 마음먹을수록 연관성은 더 뚜렷해졌다.

아프지 않았어? 베인 손 말이야. 여자가 물었다.

별로 아프진 않았어. 남자는 잠시 뒤에 덧붙였다. 그 손을 잘라내고 싶었어. 양쪽 모두.

그다음에는 어떻게 됐어?

경찰서, 소년교도소, 일반교도소, 병원. 남자가 대답했다. 소년교도소에 있다가 나이가 차면 일반교도소로 가게 돼.

의사들이 의식을 흐리는 약을 주었다. 약보다는 스스로의 의지로 소년은 자신의 패턴들을 지웠다.

인간이라는 건 결국 패턴이야. 남자가 설명했다. 앞에는 새장을, 뒤에는 새를 그린 부채를 상상해봐. 부채를 빠르게 돌리면 새장 속에 갇힌 새가 생겨. 신경회로 위에 의식이 떠오르는 과정도 그와 비슷해. 전기신호들이 회로 속을 빠르게 다니다가, 어느 순간에 갑자기 불쑥, 유령처럼. 밤거리의 네온사인들이 제각각 깜빡이다 어느 순간 갑작스럽게 동시에 켜지고는, 그다음부터 함께 점멸하는 광경을 상상해봐.

인간 의사들이 만들어낸 약은 패턴을 없애는 게 아니라, 패턴 속을 돌아다니는 전기신호를 느리게 할 뿐이었다. 물이 천천히 흐르면 강이 범람하지 않을 거라는 식이었다. 소년은 이미 사람을 온전히 죽여

본 자의 본능으로 자신 안의 패턴을 하나씩 지워나갔다.

　패턴이 두세 개만 남았을 때, 어른이 된 소년은 어떤 외부 자극에도 비슷한 반응을 보였다. 간호사들은 다루기 쉽다며 남자를 좋아했다. 그들은 환자들을 데리고 일 년에 두 번씩 산이나 바다, 근처의 미술관을 찾았다. 습기를 머금고 높이 솟아오른 바람, 수백 광년을 헤치고 온 별빛, 젊어 죽은 화가들이 외치려 했던 메시지에, 남자는 모두 같은 식으로 대답했다. 간호사와 동료 환자들을 대하던 식으로.

　'우주 알'은 남자를 이루는 패턴의 단순성에 호감을 느꼈다. 파도 속에 머물고 있던 우주 알은 남자에게 말을 걸었다.

　당신 패턴이 마음에 드는데.

　응. 남자가 대답했다.

　내가 그 안에 들어가도 될까? 우주 알이 물었다.

　응. 남자가 대답했다.

　우주 알이 들어온 다음, 남자는 다른 사람에게 말을 할 수 있게 되었다.

　그럼에도 사람을 죽인 소년은 여전히 남자 안에 있었다. 당시의 기억을 그대로 되살릴 수도 있었다. 남자의 과거와 우주 알의 과거가 한 몸에 있었다.

　한쪽 팔이나 한쪽 다리와 같아. 여전히 나의 일부분이야. 남자가 설명했다. 거기에 화상 자국이나 큰 흉터가 있는 거야. 난 그 상처가 어디에서 왔는지, 그 상처를 입을 때 내가 어떤 기분이었는지 알지.

찔러봐, 병신아. 찔러보라니까. 아이들이 말했다.

우주 알 이야기를 해줘. 여자는 흉터에 대해 듣고 싶지 않아서, 그렇게 요청했다. 우주 알은 어디에서 왔어? 어떻게 생겨난 거야?

우주 알은 어디에서 오지 않았어. 그건 그냥 항상 있었어.

처음부터? 여자가 물었다. 우주가 시작할 때부터?

처음이라는 개념을 버려야 해. 남자가 말했다. 처음이라든가 시작이라든가 하는 말은 굉장히 인간적인 거야.

하지만 우주에는 시작이 있잖아.

우주에는 시작이 없어. 남자가 대답했다. 우주는 마치 볼펜과 같은 거야. 그냥 하나의 덩어리야. 볼펜은 길쭉하게 생겼기 때문에 사람들은 볼펜에 양끝이 있다고 말하지. 하지만 사실은 볼펜이 공기와 닿는 모든 면이 다 볼펜의 끝이야. 그 모든 접점에서 볼펜이 시작하고 끝나는 거야. 우주도 비슷해. 시공간연속체가 무無와 만나는 지점이 있지. 거기서 우주는 시작하고 끝나. 그 안쪽에는 우주 알이 있어. 그 바깥쪽에는 우주 알이 없고.

내가 말하는 시작이라는 건 시간적인 의미를 이야기하는 거야. 그런 공간적인 의미가 아니라. 여자가 따졌다.

우리들한테는, 남자가 말했다. 시간과 공간이 그렇게 분리되는 개념이 아니야. 시공간연속체 밖에는 시간이 없어. 시공간연속체 안에는 시간이 있고. 그게 전부야. 대부분의 우주 지성체들에게는 시간도 공간처럼 앞이나 뒤가 없어. 군이 정의하자면 먼저 보이는 게 앞이고 나중에 보이는 게 뒤라는 정도지. 반대편에서 보면 정확히 반대가 되

10

는, 상대적인 개념이야. 오직 인간만이, 시간을 한쪽 방향으로 체험하지. 그 속도를 조절하지도 못하고. 아주 드라마틱해. 모든 사건을 한쪽 방향으로, 단 한 번씩만 경험하니까. 하지만 그래서 어리석기도 해. 왜 인간들만 그런 식으로 시간을 체험하는지는 잘 모르겠어. 어떤 진화상의 이유가 있지 않았을까?

빅뱅 같은 게 있지 않아? 모든 것의 시작. 여자는 기억을 더듬어 과학책에서 읽은 이야기를 꺼냈다.

그건 시공간연속체가 무를 만나는 접점 중 하나야. 사람들 눈에는 거기에서 뭐가 막 시작하는 것처럼 보이겠지. 그 접점 너머에는 시간이 없으니까. 남자가 한숨을 쉬었다. 빅뱅, 빅크런치, 블랙홀, 화이트홀, 수억 광년 밖에 있다고 하는 우주의 경계, 다 그런 접점들이야.

우주 알 이야기를 해줘. 어떻게 해서 지구에 왔는지. 어떻게 당신 안에 들어왔는지. 여자가 화제를 돌렸다. 내가 이해할 수 있게, 인간적인 시간의 순서대로 이야기해줘.

나는 '처음에는' 공간 사이에 그냥 흩어져 있었어. 그러다 외우주를 떠도는 혜성을 보았어. 혜성에서는 재미있는 노래가 들렸어. 반음들이 불규칙하게 섞여서 특이한 멜로디였는데 리듬은 단순했어. 노래는 모두 패턴이야. 그래서 나는 모든 노래에 익숙해. 나는 혜성에 올라탔어.

혜성이 지구와 달 사이에 있을 때 지구로 내려왔어. 그믐달일 때였어. 달빛에 따라 바다가 움직이며 노래하는 패턴을 보았지. 바다에서는 파도 속에 있기도 했고, 다른 동물들 속에 들어가 있기도 했어.

다른 동물들?

문어나 해파리나 뭐 그런 것들. 주로.

으엑.

문어는 굉장히 영리한 동물이야. 고등어나 다랑어 안에 들어간 적도 있었고.

갑자기 회가 먹고 싶네.

있잖아, 바다는 패턴으로 가득차 있어. 꼭 인터넷 같아. 고래들은 저주파로 노래를 불러. 그런 노래는 물속에서는 수천 킬로미터 떨어진 곳에서도 들을 수 있지. 그래서 전 세계에 있는 고래들은 전부 인터넷에 접속해 있는 것과 마찬가지야. 인도양엔 요즘 며칠째 비가 오고 있어, 여기 플랑크톤이 맛있어, 그런 노래들을 고래들이 불러. 북극에 있는 고래가 남극에 있는 고래와 토론을 할 수도 있지. 자기가 부른 노래가 지구를 한 바퀴 돌아서 다시 들려오기도 해. 거기에 화음을 넣을 수도 있어.

그런 이야기들은 그때그때 생각하는 거야? 아니면 예전에 써둔 거야?

이건 다 내가 겪은 일들이야.

가끔은 꼭 진짜 같아. 하도 그럴싸해서.

진짜야. 다 내가 겪은 일들이야.

뻥치지 말고.

남자는 여자의 얼굴을 쓰다듬었다. 네 마음속 패턴이 불안하게 떨리고 있어. 내 이야기가 재미있다고 생각하지만, 그게 진짜면 어떻게 하나 무서운 거지. 그런데 또 한편으로는 그 얘기들이 거짓이 아니기도 바라는 거야. 이게 다 거짓말이면 너무 허무할 테니까.

말은 참 잘해요.

당장 증거를 몇 개 보여줄 수도 있지만, 그러지 않는 것뿐이야. 남자는 어깨를 으쓱했다.

아이들이 네 얘기를 했었어. 여자가 말했다. 학교에 소문이 많이 돌았어. 네가 감옥에서 나와서 집으로 돌아왔다는 애들도 있었고, 너를 골목에서 봤다는 애들도 있었어. 네가 얼굴이 달라져서 사람 눈을 마주치지 못하고 걸어가는 걸 봤다는 애들도 있었어. 아이돌이나 대학 얘기, 동창들 얘기를 하던 중에 가끔씩 네 얘기가 튀어나왔어. 그런 때 나는 너를 생각했어. 네 얼굴이 어떻게 바뀌었을지 궁금했어. 너를 걱정하기도 하고, 만나보고 싶다고도 생각했어.

그래서 이렇게 만나게 됐잖아. 남자가 말했다. 네가 나를 부르는 소리를 들었어. 그래서 『우주 알 이야기』를 써서 출판사로 보냈어.

그냥 내 자리로 전화를 하지 그랬어. 대표전화로 전화를 걸어서 나를 찾아도 됐고.

네가 이름을 바꿨잖아. 대표전화로 전화를 걸어도 찾을 수가 없지.

아, 그렇지, 참.

이런 식으로 만나야 했어. 남자가 말했다. 네가 『우주 알 이야기』를 먼저 읽어야 했어.

하지만 그 아주머니도 네 연락처를 알게 됐어. 여자가 말했다.

알아. 남자가 말했다. 어쩔 수 없었어.

찔러봐, 병신아. 찔러보라니까. 아이들이 말했다.

○○○ 출판사지요?

상대방의 목소리에는 윤기가 없었다. 네, 라고 대답하는 동안 여자의 몸이 저절로 긴장되었다. 학습만화팀으로 걸려오는 독자 전화는 모두 피하고 싶은 것들뿐이었다. 자기 자식이 보낸 애독자 편지는 왜 뽑아주지 않느냐고 항의를 하는 사람도 있었고, 몇 년 전에 나온 책의 오자를 지적하면서 호통을 치는 사람도 있었다. 외로운 아이가 한 시간이 넘게 『시간여행자와 역사도둑』 다음 호는 언제 나오는지 물어보고, 시간여행자가 역사도둑을 잡을 아이디어를 설명하기도 했다.

이번에 청소년문학상 심사평을 읽었는데요.

네.

거기 『우주 알 이야기』라고 있잖아요. 본심 올랐던 작품 중에.

네.

여자는 전화를 청소년문학팀으로 넘기려다 '우주 알 이야기'라는 말에 그러지 않았다.

그거 작가 분 연락처를 알 수 없을까요?

네?

제가 그 작가님 팬이거든요. 그래서…… 작가님을 꼭 만나 뵙고 싶어서요. 사인을 받고 싶어서요.

이거 쓰신 분을 아세요?

네.

심사평에는 작가 이름이 안 나왔는데 어떻게 아세요? 떨어진 작품들은 제목만 나오지 않았나요?

그게…… 인터넷 소설 사이트에서 연재하던 글이에요. 『우주 알 이야기』가. 그런데 그 소설이 끝이 나지 않아서, 꼭 끝을 읽고 싶어서요.

전화 상대방의 목소리는 오십대쯤 되는 중년 여성으로 들렸다. 그런 아주머니가 인터넷 사이트에서 이런 소설을 열심히 읽었다고?

제목만 같은 이야기일 수도 있잖아요? 여자가 물었다.

아니에요. 그거, 우주 알이 지구에 내려와서 어떤 남자 몸에 들어간다는 이야기 맞죠? 우주 알이 혜성에 들어갔다가, 혜성에서 달빛을 타고 바다로 내려오고, 거기서 어떤 남자 몸속으로 들어간다는……

저희가 응모자 분의 개인 연락처를 외부에 알려드릴 수는 없습니다. 여자가 대답했다.

어떻게 좀 안 될까요? 정말 너무 궁금해서 그러는데. 결말이.

이메일을 가르쳐드리면 어떨까요.

이메일 주소는 저도 있어요. 메일을 보내도 답장이 없어서 그래요. 그 작가 분이.

그러면…… 저희로서도 어쩔 수가 없습니다.

한 시간쯤 뒤에 전화가 다시 걸려왔다. 이번에는 출판에이전시라고 했다.

심사평을 읽고 나서 관심이 생겨서 전화를 드렸습니다. 저희는 청소년을 위한 장르문학 전자책 작가를 발굴중입니다. 이렇게 청소년문학상 본심에 오른 작품들 중에 흥미로워 보이는 것들을 살펴보지요.

괜찮으시면 그『우주 알 이야기』의 저자 분 연락처를 좀 받고 싶은데요.

아까 전화하셨던 분 아닌가요? 한 시간쯤 전에.

아닌데요.

전화를 끊은 다음 여자는 전화 상대방이 말했던 인터넷 소설 사이트에 가보았다. 게시판에서 '우주 알 이야기'를 검색했더니, '우주 알 이야기 작가가 사람 죽였다는 거 정말임?'이라는 제목의 글이 떴다. '우주 알 이야기' 본문은 보이지 않았다.

다음에 걸려온 전화는 청소년문학팀 후배가 받았다. 작가 미팅을 하고 왔더니 후배가 호들갑을 떨었다.

『우주 알 이야기』가 당선됐으면 큰일날 뻔했어요.

왜?

그거 표절이래요.

표절?

어떤 사람이 전화를 했는데요, 우리 심사평 보고 알았다면서.『우주 알 이야기』는 자기가 써서 인터넷에 발표한 건데, 그 줄거리를 가지고 누가 우리 공모에 보낸 거래요. 그러면서 줄거리를 말해주는데, 다 똑같던데요? 그래서 그 응모자 전화번호 알려주고, 알아서 해결하라고 했어요.

그 전화 건 사람, 혹시 오십대 아주머니 같은 느낌 아니었어?

맞아요.

순서
보람
개성

비유하자면, 아주 기억력이 좋은 사람이 한 번 읽은 책을 다시 읽는 것과 비슷해. 이미 내용은 다 알고, 그걸 바꿀 수도 없어. 하지만 그렇다 해도 매번 읽을 때마다, 중요한 대목에서 새로운 감흥을 느낄 수 있잖아. 주인공이 나중에 행복해진다는 걸 알아도 슬퍼질 수도 있고, 사건 진행 속도를 내 마음대로 조절할 수도 있지. 원하는 속도로 읽으면 되는 거니까. 중간에 멈출 수도 있고, 어떤 페이지를 읽다가 다른 페이지로 건너뛸 수도 있고, 앞으로 돌아갈 수도 있어. 시간이란 게 책처럼 통째로 펼쳐져 있으니까.

그럼 보통 사람들의 인생은 어떤 영화를 극장에서 처음으로 보는 거랑 비슷한 건가? 여자가 다시 물었다. 앞으로 어떤 장면이 나올지도 모르고, 속도를 조절할 수도 없고, 중간에 멈출 수도 없는?

아, 비유 좋네. 남자가 박수를 쳤다.

박수는 왜 쳐? 내가 이런 비유를 들 거라는 사실도 알고 있었을 거 아냐. 여자가 따졌다.

어…… 내가 여기서 박수를 치도록 되어 있었어.

홍. 어설프다.

다시 들어도 또 무릎을 치게 만드는 농담이나 비유 같은 거 있잖아.

응. 어설퍼.

아니면 이런 비유는 어떨까. 남자가 잠시 뒤에 덧붙였다. 책을 읽기는 읽는 건데, 이런 식으로 읽는다고 생각해봐. 책을 읽기 전에 작두 같은 걸로 제본된 부분을 잘라내는 거야. 그러면 책이 종이 수백 장으로 흩어지겠지? 그 종이를 화투 섞듯이 섞은 다음에, 아무렇게나 다시 제본을 해서 읽는 거야. 막 남녀 주인공이 책 시작할 때에는 서로 사귀는 것처럼 나오다가 갑자기 이야기가 뚝 끊기고, 다음 페이지에서는 아직 만나기도 전이고, 남자 주인공이 중간에 죽고, 그다음 페이지에서는 여자의 과거가 나오고, 그런 식인 거야. 그렇게 책을 읽을 때마다 매번 페이지를 뒤섞고 다시 제본을 해서 읽는 거야.

단 한 번도 제대로 된 순서로는 못 읽는 건가? 맨 처음에도? 여자가 물었다.

'제대로 된 순서'라는 거 자체가 없어. 시작도 없고 끝도 없어. 사실 페이지는 늘 섞이고 있어. 책의 분량이 무한한 건 아니지만, 그 책 안에서 언제나 새로운 독서를 할 수 있는 거지.

있잖아, 그러면. 그렇게 모든 순간을 동시에 사는 거라면. 여자가 말했다.

응.

넌 네가 어떻게 죽는지도 알겠네?

응. 알아.

어떻게 죽어?

편안하게. 남자가 잠시 생각하다 대답했다.

좋겠네. 편안하게 죽어서.

죽는 순간에는 딱 그렇게 죽기를 바랐던 것 같아.

난 어떻게 죽어?

그건 몰라. 못 봤어.

우리가 헤어지나? 여자가 물었다.

아니. 남자가 대답했다. 네가 나보다 오래 살아.

고1 때 우리 반에 이보람이 세 명이었어. 큰 보람, 작은 보람, 중간 보람, 이렇게 불렸지. 내가 중간 보람. 중간 보람은 또 뭐야? 큰 보람은 뭔가 보람찬 일을 한 것 같고, 작은 보람은 사소한 일에서 보람을 얻은 것 같지 않아? 그런데 중간 보람은 큰 보람을 얻어야 하는 일을 끝까지 마치지 못해서 어정쩡하게 봉합했을 때 같은 느낌이잖아. 그때 다짐했어. 고등학교만 졸업하면 이름을 바꿔야겠다고.

왜 고등학교를 졸업한 뒤에 이름을 바꿔? 그냥 그때 바꿨어도 됐잖아. 남자가 물었다.

부모님이 반대했거든. 네 이름이 얼마나 예쁜데 왜 바꾸느냐고. 자기들 잘못을 인정하기 싫었던 거지. 한글 이름이라서 예쁘지 않으냐, 언니 이름이랑 세트라서 더 좋지 않으냐고 하더라. 언니 이름이 슬기거든. 이슬기, 이보람. 얼마나 무성의해. 한글 이름 중에 제일 흔한 이름일걸. 난 한글 이름인 것도 싫었고, 흔한 이름인 것도 싫었고, 언니랑 이름이 엮이는 것도 싫었어.

나중에 나이가 들어서 무슨 직함을 얻는다고 생각해봐. 이보람 대표라고 하면 장난감회사 대표일 거 같고, 이보람 작가라고 하면 동화작가일 거 같지 않아? 딱 80년대에 대학생들이 풍물패 하고 초등학생들이 민족 중흥의 역사적 사명 어쩌고를 외울 때 태어났는데, 엄마 아빠가 이십 분쯤 고민해서 지은 이름 같지 않아? 어디 작명소에서 비싸게 산 것도 아니고, 시골 할아버지가 옜다 이 이름이다 하고 준 것도 아니고, 그냥 어디서 들었는데 그 이름 예쁜데 하고 붙인 거잖아. 흔한 이름이면 대충 지은 거야. 그리고 슬기니 보람이니 우리니 나리니 하는 애들, 걔네들 오빠나 남동생은 한자 이름인 사람이 많더라. 웃겨. 보람이면 초등학교에서 별명이 뭔지 알아?

람보. 남자가 웃으며 대답했다.

그래. 람보. 난 이보람이었으니까 람보 투. 람보 게임이라고, 지하철이나 남의 교실 문 열고 나는 람보다 이러면서 총 쏘는 시늉하고 도망치던 놀이 기억나? 초등학생 때에는 남자애들이 나한테 맨날 그러고 다녔어.

그게 그렇게 싫었어?

야, 그게 얼마나 싫은데. 어린애들이 잔인할 때는 진짜 잔인하잖아. 남이 뭘 싫어하는지 귀신같이 잘 파악하고— 거기까지 말하고 여자는 입을 다물었다. 아무튼. 그 이름 바꾼 일이 보람이라는 이름 달고 한, 제일 보람 있었던 일이야. 그래서 그뒤로는 보람을 못 느끼는 걸까? 넌 어때? 이름 바꾸고 나서 달라진 게 있어?

별로 없는데. 이름 바뀌었다고 달라질 게 뭐 있나?

팔자 고치려고 개명하는 사람들도 많잖아. 이름 바꾼 사람들 카페 보니까 이름 바꾸고 나서 며칠 동안 어디가 아팠다든가, 아니면 반대로 아프던 게 없어졌다든가, 그런 사람 꽤 있던데.

자기암시지, 뭐.

아무튼. 나는 그걸 내가 직접 다 했다? 가정법원에 서류 내고, 구청에 신고하고, 건강보험증 다시 발급 받고, 그런 것들. 은행이랑 학교랑 통신사도 다 내가 직접 가서 바꿨어. 남들은 새 이름 한참 동안 적응 안 된다고 하던데 나는 바로 적응되더라. 난 오히려 보람이라는 이름이 금방 낯설어졌어. 너도 개명 신청 네가 했어?

아니. 난 이름 바꾸는 데 시간 좀 걸렸어. 처음에는 허가가 안 났지.

왜?

전과가 있는 사람은 이름 바꾸는 게 좀 힘들어.

여보세요.

여보세요. ○○이니?

남자는 전화를 끊었다. 조금 뒤에 다시 전화가 걸려왔다. 전화기가 끈질기게 몸을 떨었다. 화면에 '부재중 전화 7통'이라는 문구가 떴을 때 남자는 기계를 집어들었다.

　여보세요.

　여보세요. ○○이니?

　예. 아주머니.

　그냥 엄마라고 부르라고 했잖아.

　잘 지내셨어요?

　난 그냥 그래. 너는 잘 지내니? 너 사는 데는 춥지 않니?

　괜찮아요. 안 추워요.

　그래, 잘됐구나. 꼭 따뜻하게 하고 다녀라. 가습기도 틀어놓고. 가습기는 있니? 없으면 내가 한 대 사서 보내줄까?

　있어요. 남자는 거짓말을 했다.

　전화번호 바꿨더라, 너?

　네.

　왜애? 왜 바꿨어?

　휴대폰이 좋은 기종이 새로 나와서요. 아는 형이 소개를 해줬는데, 번호를 이동해야 하는 조건이었어요.

　좀 미리 알려주지 그랬니.

　깜빡했어요. 헤헤.

　아까는 전화도 안 받고.

　제가 사는 데가 반지하라서, 전화가 잘 안 터져요.

　반지하? 반지하에서 괜찮니? 어디 사는데?

홍대 근처요.

홍대 근처 어디?

그냥, 홍대 근처예요.

『우주 알 이야기』를 엄마가 아는 평론가들이랑 소설가들한테 보냈
어. 다들 재밌대. 아주 독특한 개성이 있어서, 훌륭한 작가로 대성할
거라고 하더라. 문장도 깔끔하고, 다른 한국 작가들한테서는 볼 수 없
는 신선한 사유가 있대. 엄마가 아는 출판사도 있는데, 너 거기서 혹
시 책 내볼 생각 없니? 엄마가 그 출판사 대표를 아주 잘 알거든. 같
이 한번 만나볼래?

저…… 괜찮아요, 아주머니.

왜?

말씀은 감사하지만 조금 더 제힘으로 해보고 싶어요.

내가 너무 나서는 게 싫으니?

그런 건 아니에요.

난 너를 도우려고 그러는 건데.

알아요.

난 널 다 용서한단다. 가슴으로 낳은 내 아들이라고 생각해.

작두
홍콩
교지

미안, 미안. 너도 애엄마가 돼보면 알 거야. 대신에 내가 맛있는 커피 한잔 타줄까?

여자는 괜찮다고 대답했다. 상대가 자신을 이름이나 직급으로 부르지 않고 '너'라고 부른 게 신경이 쓰였다. '맛있는'을 '마시-인는'이라고 발음하는 것도 싫었다. 별로 맛있는 커피도 아니었다. 그녀는 에스프레소 머신에서 나오는 커피를 좋아하지 않았다.

임신부가 스스로를 애엄마라고 부르면서 유난을 떠는 것이 싫었다. 애를 가져서 작두 쓰기가 꺼림칙하다는 이유도 납득이 가지 않았고, 다른 어린 후임들을 놔두고 자신에게 일을 부탁한 것도 마음에 들지 않았고, 다른 팀 사람이 그렇게 자기 팀 직원을 부리는데 그걸 말리지 않는 팀장도 싫었다. 언젠가부터 몸 쓰는 일은 다 여자 차지가 된 것 같았다.

복사기 옆에 본심에 올라온 원고 네 편이 쌓여 있었다. 스프링으로 제본을 한 원고 두 편은 아이를 밴 직원이 사본을 만들어놓았다. 올해 응모자들은 왜 떡제본을 이렇게 많이 한 거지. 출판사에서 떡제본을 선호한다는 소문이라도 도는 건가.

심사위원은 네 명이었다. 원고의 접착 부분을 잘라 낱장으로 분해한 뒤 사본을 네 부 만들면 되었다. 여자는 제일 위에 놓인 원고를 작두에 올려놓고 손잡이를 눌렀다.

내가 이 손목을 잘라서 죽어버릴 거야아! 아아악! 아악! 아주 오래전에 들었던 소리가 되살아났다.

'우주 알 이야기'.

원고의 제목을 읽는 순간 여자는 몸이 조금 흔들렸고, 그 바람에 접착 부분이 없어진 원고 낱장들이 바닥으로 떨어졌다.

어머, ○○씨 오또케 해, 오또케 해, 오또케 해. 커피잔을 들고 온 임신부가 옆에서 방정을 떨었다. 그래도 내용 읽어보면서 앞뒤 맞춰보면 되겠다, 그지? 임신부는 무의미한 조언과 커피잔을 남기고 자기 자리로 돌아갔다. 여자는 바닥에 흩어진 종이들을 줍고 몸을 일으키다가 책상 상판에 머리를 세게 부딪쳤다. 그 바람에 손에 들고 있던 원고 뭉치 일부를 다시 떨어뜨렸다. 아, 씨발. 여자는 조그마하게 중얼거렸다.

머리에 난 혹이 문제가 아니었다. 뒤죽박죽으로 흩어진 종이들에는 쪽 표시가 없었다. 게다가 묘하게도, 어떤 문장이 한 페이지에서 다른 페이지에 걸쳐 있는 경우가 드물었다. 일부러 그렇게 쓴 건가 싶을 정도로 매 페이지의 끝이 어떤 문단의 끝이었다. 어떤 장이 앞이고 어떤 장이 뒤인지 쉽게 구분하기 어려웠다.

여자는 종이 뭉치를 책상 위에 놓고 한 장 한 장 천천히 원고를 살폈다. 조금 읽다보니 원래 원고 자체가 소설 속에서 벌어지는 사건들의 시간 순서대로 정렬된 것이 아님을 깨닫게 되었다. 몇 배로 골치 아파진 셈이었다.

비가 오면 운동장에서 먼지 냄새 대신 비냄새가 나서 좋아.

응모작의 한 구절이 이상하게 낯이 익어 여자는 그 페이지를 유심히 들여다보았다. 내가 바로 이 말을 언젠가 누군가에게 한 적이 있었는데.

작은 보람과는 거의 이야기를 하지 않았다. 이름이 같은 아이와는 가급적 친해지고 싶지 않았다. 멋부리고 나가는 날마다 같은 옷을 입은 여자를 길거리에서 마주치는 기분이었다. 다른 아이들이 두보람이니 보람세트니 부르는 것도 듣기 싫었다.

큰 보람과는 눈도 잘 마주치지 않았다. 그 아이와는 성격까지 비슷했다. 큰 보람이 눈에 들어오면 도플갱어를 보는 듯한 기분이 들었다. 심지어 큰 보람은 집안 형편이 여자보다 더 어려웠다. 홀어머니 아래 살았다.

큰 보람은 고등학교를 다니던 중에 영국으로 유학을 갔다.

유학을 갔다고? 영국으로? 걔네 집 부잣집도 아니었잖아. 여자는 깜짝 놀라 친구들에게 물었다.

장학금을 받아서 갔대. 그런 제도가 있었대. 제삼세계 우수학생 무슨 프로그램인가 그런 거. 넌 알았냐? 너도 몰랐지? 그걸 큰 보람이가 다 자기가 알아내서 자기가 신청서 쓰고 허가 받고 그래서 갔대.

학비말고 다른 돈은 어떻게 해? 거기 집값이나 밥값은? 그리고 걔 영어 잘해? 영국에서는 왜 영어도 못하는 한국 고딩한테 장학금을 줘?

그건 나도 모르지. 궁금하면 영국 교육부에 물어봐, 너도. 영어로 메일 써서.

우리 영어 실력으로 영국 가면 잘 적응할 수 있나? 걔네 엄마는 이제 한국에서 혼자 어떻게 해?

그걸 왜 네가 걱정해. 질투심 쩐다, 너.

큰 보람이 영국으로 갔다고 해도 중간 보람이 큰 보람이 되고 작은 보람이 중간 보람으로 승격하는 일은 없었다. 작은 보람은 여전히 작은 보람으로 불렸고 중간 보람도 마찬가지였다. 큰 보람의 빈자리는 큰 보람보다 존재감이 더 커졌다.

고교 동창들이 모이면 꼭 큰 보람의 이야기가 나왔다. 큰 보람은 영국에서 대학을 다니고 외국계 회사에서 일을 하면서도 꾸준히 고교 시절 동창들과 연락을 주고받았다. 여자는 큰 보람이 결코 모습을 드러내지 않으면서도 고교 동창들의 작은 사회에 각별히 관심을 기울이는 것 같다는 느낌을 받았다. 여자 역시 아닌 척하면서도 큰 보람의 동정에 귀를 기울였다. 질투심? 열등감? 존재론적 위기감? 뭐라고 불러도 상관없었다.

큰 보람이 두바이항공 승무원 됐대. 아, 아니다, 카타르항공이랬나? 까먹었다. 아무튼 돈 되게 많이 번대. 일억쯤 버나봐. 그런데 그 돈을 거의 다 엄마한테 보낸대.

걔네 엄마가 그 나이에 어딜 중동에 가서 살아. 그냥 한국에서 사는 거지. 걔도 두바이인지 카타르인지에서 사는 건 아니라던데? 걔가 엄마를 해외로 자주 부르나봐. 엄마 나 이번에 일본에 가니까 일본 놀러와, 이런 식으로. 직원 가족은 비행기표가 공짜래. 그래서 엄마가 유럽도 몇 번 가고 그랬나봐.

걔네 엄마 완전 스포일됐어. 어디 몇 번 외국 가고 명품 선물 받고 그러더니만 이젠 대놓고 이거 갖고 싶다, 저기 가고 싶다 그런대. 큰 보람이가 아주 골이 아프대. 염치가 없어, 왜 그렇게?

그런 뉴스들은 점점 현실감이 없어졌다.

대박, 대박. 큰 보람이 이번에 결혼하는 거 알아? 그 항공사 기장이랑 결혼한대. 그 기장이 이름이 무슨 압둘라 뭐시기인가 그래. 겁나 부자인가봐. 그 사람도 무슨 왕족이야.

큰 보람이네 남편이 회사를 옮겼대. 캐세이퍼시픽인가, 홍콩 회사로. 그래서 큰 보람이도 홍콩으로 옮겼어. 걔네가 영국에서 홍콩으로 짐을 보내는데, 홍콩 세관에서 연락이 왔대. 명품이 너무 많아서 명품 밀매업자인 줄 알았대.

그사이에 작은 보람은 사법고시에 합격해 변호사가 되었다. 작은 보람은 판사나 검사가 되지 않고 바로 로펌에 들어가 기업인수합병을 전문으로 하는 팀에 들어갔다고 했다. 여자는 큰 보람과 작은 보람을 만들고 난 재료로 자신을 만든 것 같다고 생각했다.

홍콩이 집값이 겁나 비싸대. 걔가 엄마한테 집 사주려고 하니까, 남편이 한국은 집값이 얼마쯤 하냐고 묻더래. 그래서 우리 엄마 혼자 살 집이면 한 오억 정도 한다. 그랬더니 남편이 그래? 괜찮네, 그러면서 두 채 사라고 했대. 자기가 들어보니까 부산이라는 도시가 괜찮은가 보던데 서울에 한 채 사고 부산에 한 채 사라고.

거기 아파트들이 좀 불편한가봐. 그래서 아예 팔고 그냥 최고급 호텔로 이사했대. 큰 보람이는 맨날 거기서 빈둥거리니까 심심하지. 쇼핑도 하루이틀이지. 그래서 애들보고 놀러오라고 난리래. 자기가 밥값이랑 잘 곳이랑 다 제공한다고. ○○이랑 ○○이도 한번 갔대. 나도 올여름에 가보려고. 너도 같이 가지 않을래? 걔도 당연히 너 기억하지. 너희는 이름도 똑같았잖아. 같이 가자, 야.

남자아이가 여자아이를 흘끔 쳐다보았다. 짧은 순간이었지만 여자아이는 상대가 자신을 알아본다는 걸 알아차렸다. 조금 용기가 났다. 남자아이는 여전히 철봉에 매달려 있었다.

이거 턱걸이, 너 키 크려고 하는 거야?

남자아이의 표정이 구겨졌다.

야 씨발, 왜 보자마자 시비 터냐? 완전 얼척없다.

철봉에서 내려온 남자아이의 키는 여자아이와 비슷했다. 여자아이는 자신이 대화를 영 잘못 시작했음을 깨달았다.

아, 미안. 나는 그게 아니라……

이럴 때 뭐라고 말해야 하지? 여자아이가 말을 머뭇거리는 사이에 남자아이는 고개를 돌리고 다시 철봉에 매달렸다. 남자아이가 턱걸이를 하는 동안 여자아이는 무슨 말을 해야 할지 고민했다.

운동장이 쓸쓸했다. 두 아이를 제외하고는 아무도 없었다. 운동장은 그 학교에서 가장 표정이 풍부하고 가장 인간적인 존재였다. 살아 있는 학생들보다 더. 학생들은 학교에 있을 때에는 인간이라기보다는 개미나 벌을 더 닮았다. 교사들은 지친 로봇 같았다. 운동장은 재래시장의 늙은 상인처럼 무덤덤한 얼굴로 대낮을 견디다 하교시간 즈음해서 제 혈색을 되찾았다. 운동장의 성별은 아마 남성인 것 같았다. 수업을 마친 남자아이들이 축구를 할 때 즐거워했으니까. 운동장은 신화적인 존재이기도 했다. 해 질 무렵부터 슬슬 마력을 뿜어내기 시작해 밤이 되면 귀기를 몸에 둘렀다. 그러다 아침이 되면 다시 사소하고 조잡한 일상으로 돌아갔다.

운동장이 떠나보낸 아이들이 수천, 수만 명은 되겠구나. 여자아이는 남자아이도 운동장을 보면서 이상한 기분에 잠길지 궁금했다. 그날 운동장은 특히 이상했다. 아주 이상한 날씨였다. 하루종일 해를 볼 수가 없었고, 하늘만 봐서는 지금이 한시인지 다섯시인지 알 수 없었다. 이러다 불쑥 밤이 오겠지.

너 이번에 교지에 원고 보냈지? 「그믐」. 그거 읽었어.

남자아이가 턱걸이를 하다 말고 여자아이에게 흘깃 눈길을 던졌다.

되게 재밌더라. 나말고 다른 애들도 다 재밌다고 했어.

남자아이는 여전히 대꾸를 하지 않았다.

그런데 편집 선생님이 이거 싣는 건 좀 그렇지 않냐고 해서 지금 보류 상태야.

……뭐가 그런데? 남자아이가 마침내 입을 열었다.

너무 잔인하지 않냐고. 그리고 아무래도 학교 폭력 이야기니까.

흥.

그리고 이학년 중에도 별로라는 언니가 있어.

남자아이는 딴청을 피웠다.

그 언니 말은, 화자가 하는 말이 그렇게 다 거짓말이었던 게 반전이면 그건 너무 안이하지 않냐는 거야. 추리소설이라면 정정당당하게 단서들을 제시하고 추리를 할 수 있게 해줘야지, 이렇게 이야기를 해주는 사람 말 자체가 다 거짓말이면 그걸 독자가 어떻게 아냐고. 그런 식이라면 추리소설은 엄청 쉽게 쓸 수 있는 거 아니냐는 거지.

와, 존나 무식하다. 〈유주얼 서스펙트〉도 안 봤나.

어. 그래서 나도 〈유주얼 서스펙트〉 이야기했어.

『애크로이드 살인사건』도 있는데.

어. 애거사 크리스티. 그 책 이야기도 했어. 그리고 또 크리스티 여사 소설 중에 『끝없는 밤』이라고, 혹시 알아? 그것도 서술트릭인데.

어? 너 그것도 읽었어?

그게 『애크로이드 살인사건』보다 더 재밌지 않냐? 나 그거 읽고 진짜 와 미친, 막 이랬는데. 크리스티 여사가 꼽은 자기 소설 베스트 10에도 들어 있을걸?

그런데 그거, 어떤 단편이랑 내용이 거의 똑같아. 『쥐덫』에 나오는······

나 그거 알아! 미스 마플 단편이야! 소설 속에 소설이 나오는 소설이야!

······「관리인 노파」.

그리고 남자아이와 여자아이는 애거사 크리스티에 대해, 존 딕슨 카와 S. S. 밴 다인에 대해, 엘러리 퀸에 대해 한참을 이야기했다. 그러다 결국에는 크리스티로 돌아왔다.

크리스티 소설도 좀 패턴이 있어. 『끝없는 밤』은 『나일 강의 죽음』과 또 비슷하잖아. 남자아이가 말했다. 운명적으로 사랑에 빠진 남녀가 사랑을 지키기 위해서 살인도 불사한다. 그러다 비극을 맞는다.

난 그래서 더 좋던데. 되게 로맨틱하잖아. 어떤 오래된 장소를 무대로, 전설이나 저주가 나오는 것도 마음에 들어. 『끝없는 밤』도 그렇고, 「관리인 노파」도 그렇고. 『나일 강의 죽음』도 이집트가 배경이잖아.

나는 SF도 좋아해. 그런 서술트릭 있는 추리소설이랑 비슷하게, 내가 나인지 믿을 수가 없다, 그런 것들. 남자아이가 말했다.

그런 게 있어?

기억이 조작된 건데 그게 진짜 기억인 줄 알고 사는 거지. 〈블레이드 러너〉에서 여자 주인공이 그렇잖아.

몰라, 못 봤어.

자기가 로봇인데 사람인 줄 알아, 그 여자는.

난 무슨 로봇 나오고 그러는 건 싫더라. 여자아이가 말했다.

아니면 겉모습은 어떤 사람이랑 똑같이 생겼는데 사실은 외계 생명체가 그 안에 들어가 있어서 그 사람을 흉내내는 거. 그래서 옆 사람이 계속 저 사람이 진짜 내가 알던 그 사람이 맞나 하고 끊임없이 의심하는 거. 〈더 씽〉이나 〈바디 스내처〉 같은.

다 모르는데.

〈바디 에일리언〉이라고, 〈바디 스내처〉 리메이크도 있는데. 그거 재밌어.

몰라.

남자아이와 여자아이는 한동안 말이 없었다. 여자아이는 치마를 입은 채로 철봉에 다리를 걸고 잽싸게 몸을 돌려 철봉에 걸터앉았다. 남자아이는 조금 더 높은 옆 철봉에 올라갔다. 두 아이는 나란히 철봉 위에 앉아서 쓸쓸한 운동장을 바라보았다. 여자아이는 남자아이가 SF 이야기가 아닌 다른 이야기를 해주길 바랐다.

오늘 날씨 되게 이상하다. 비가 오려나. 남자아이가 말했다.

비가 오면 운동장에서 먼지 냄새 대신 비냄새가 나서 좋아.

나는 먼지 냄새가 좋은데. 그거 약간 빵냄새 같잖아. 비냄새는 비려서 싫어. 남자아이가 말했다.

노선
모범
소금

여기서 내려야 돼. 남자가 말했다.

여기?

응. 여기서 내려서 7013A로 갈아타야 돼.

A?

그 버스가 A도 있고 B도 있어. 같은 번호인데.

희한한 버스네. B는 타면 안 돼?

응. 안 돼. 이다음 정거장인가 다다음 정거장에서 노선이 갈라져. B는 광흥창역에 안 가.

여자가 자리에서 일어났을 때 차가 위아래로 흔들렸다. 남자가 여자의 몸을 잡아주었다.

미안해. 다른 사람들은 다 애인이 운전하는 차를 타고 다닐 텐데. 버스에서 내렸을 때 남자가 말했다.

와, 합정동 완전 좋아졌네. 여자가 말했다. 난 고등학생 때부터 여기가 크게 될 거라고 생각했는데.

그때 여기 온 적이 있었어? 남자가 물었다.

나 여기서 좀 살았었어. 우리 이모집에서 고등학교 가는 길에 여기를 지나쳐야 했어. 저 다리 뭐지? 양화대교인가? 저거.

그래?

응. 그때 이모집에서 언니랑 엄마랑 같이 보름쯤 살았어. 우리 아빠가 엄마 패서 엄마가 이혼한다고 딸들 데리고 이모집에 갔었지.

어……

그때도 어린 마음에 이 동네는 뜰 거 같은 거야. 일단은 한강이 가까워. 도심 가기가 참 편하다는 것도 알았지. 광화문 가기도 좋고 여의도 가기도 좋잖아. 그때 홍대는 생각을 못했어. 홍대는 아직 발전하기 전이야. 그때 나는 강변북로가 뭔지 올림픽대로가 뭔지도 몰랐지. 그걸 고속도로라고 생각했는데 동네 근처에 고속도로가 있다? 그러면 지방을 가기도 좋은 거잖아? 한마디로 이 동네에 사는 사람은 회사로 출근하기도 좋고 여행도 쉽게 갈 수 있다는 거지. 그런데 강이 있어서 경치도 좋고 자연이 있네? 여기는 뜬다. 대중교통도 지하철 2호선이 있고. 딱 감이 왔지.

7013A 버스가 왔다.

땅이라도 좀 사두지 그랬어.

무슨 소리야. 돈이 없었잖아. 그리고 아빠가 엄마 패고 엄마가 집 나가고 그런 와중에 재테크라는 걸 내가 알기나 알았겠어?

흠.

그리고 나 고3 때 이 근처에서 알바도 했어. 수능 끝나고 ○○이랑 벼룩시장에서 동그라미 쳐가면서 알바거리 찾았는데, 둘이 같이 일할 수 있는 데를 찾았거든? 그래서 시급 괜찮아 보이는 곳 중에 무슨 캐주얼 와인 바라는 데를 찾아간 거야. 그때는 어린 마음에 소믈리에 이러면 다 멋있어 보이고 그랬던 때야. 그런데 그냥 와인 바도 아니고 캐주얼 와인 바라니까 얼마나 멋있어. 그래서 ○○이랑 손잡고 같이 가니까 자기네는 이미 사람 다 뽑았대. 그래서 돌아왔어. 그런데 거기 서 나중에 ○○이한테만 연락해서 일하러 나오라고 그랬어.

○○이한테만?

응. 나는 그때 뚱뚱했거든. 살 빼기 전이라서. ○○이는 날씬했어.

너 학교 다닐 때에도 날씬했었는데.

아냐. 뚱뚱했어. 고3 때 살이 많이 쪘어. 아무튼. 그 와인 바도 진짜 웃기지 않아? 처음부터 한 명만 뽑을 거라고 얘기를 하든지. 뭐 그래?

너희들이 갔을 때에는 사람이 필요 없는 상태였는데 갑자기 한 명 이 그만두게 됐다든가, 아니면 먼저 뽑아놓은 사람 못 오게 됐다든 가 그랬을 수도 있지.

아냐. 내가 뚱뚱해서 안 뽑은 거야. 그런데 내 면전에서 '얘는 날씬 하니까 괜찮지만 너는 뚱뚱해서 안 돼'라고 말할 수가 없으니까 그렇 게 한 거야.

넌 안 뽑혔는데 어떻게 이 근처에서 알바를 했어?

나는 노래방에서 했어. 그 캐주얼 와인 바는 젊은이들이 일하는 곳이고, 오는 손님들도 다 쿨한 척하는 인간들이고, 내가 일한 곳은 완전 구린 지하 노래방. 캐주얼 와인이 아니라 칵스니 라스니 하는 가짜 맥주 파는. 주인아줌마랑 나랑 둘이서 일했지. 그래도 ○○이랑 나랑 일 끝나는 시간은 비슷했거든? 그래서 일 끝나면 같이 막차 타고 집에 가자, 그랬는데 그것도 며칠 못 가서 그러지 못하게 됐어.

왜?

○○이가 거기서 같이 일하는 오빠랑 썸을 타게 된 거야. 대학교 이학년 휴학한 오빠인가 그래. 그 오빠가 차도 있어. 그래서 그 오빠가 ○○이를 집까지 데려다주고 그랬어. 나한테는 처음에는 막 이런저런 핑계 대면서 뻥을 쳤지. 오늘 손님이 너무 많아서 야근해야 한다, 새벽 알바가 펑크를 냈다, 그러면서. 나는 와인 바에서 청소년 노동 착취를 하는 줄 알았네. 나중에 나 노래방 마치고 집에 가려고 그 와인 바 앞을 지나는데 ○○이가 그 오빠 차에 타더라고. 외제차는 아니었고 뭐 엄청 좋은 차는 아니었는데 그래도 2인승이었어. 티비론인가 뭔가 이름이 그랬던 거 같아. 집에 와서 그 차가 뭔지 인터넷으로 찾아봤던 기억이 나.

티뷰론.

응?

그 차 이름이 티뷰론이라고.

그때 듣기에는 그 이름이 엄청 멋있게 들렸었는데. 그 와인 바도 그때는 이름이 되게 멋있게 보였는데. 데블스 뭔가 하면서. 지금 들으니까 그냥 허세스럽기만 하네. 내가 다녔던 노래방은 아싸노래방. 아무튼. 그때는 ○○이가 엄청 부러웠지. 그 와인 바는 막 인테리어도 멋있게 생겼거든. 내부를 무슨 와인 저장고같이 지어놨어. 중앙에 막 오래된 나무통 같은 것도 있고, 벽도 적벽돌 벽이고. 아싸노래방은 바닥에 깔린 카펫에서 오줌 냄새 나. 그 데블스 어쩌고 와인 바는 종업원들이 막 다 예쁘고 잘생기고 세련된 검은 앞치마 같은 거 입고 있는데 난 그런 것도 없고. 썸은 만들려고 해도 만들 수가 없지. 아줌마랑 나랑 둘만 있는데. 그런데, 지금 생각해보면, 내가 예쁘고 날씬했으면 아싸노래방이 아니라 어디 여자교도소 같은 데 있었어도 남자는 다 찾아왔을 거야.

말을 해놓고 나서 여자는 남자 눈치를 살폈다. 왜 하필 교도소를 예로 들었을까. 남자는 아무렇지도 않은 표정이었다. 아무튼, 그래서 죽기 살기로 살을 뺐지, 대학 입학하기 전에. 여자는 그렇게 이야기를 마무리했다.

이제 내려야 돼. 남자가 말했다.

벌써?

응. 저기 저 건물이야. 남자가 손가락으로 지하철역 옆에 있는 작은 건물을 가리켰다.

저건 주민센터인데?

일층은 주민센터고, 삼층부터 오층까지가 도서관이야.

아주 어렸을 때에도 엄마가 지금과 똑같은 상황에 나를 데려간 적이 있었지. 여자가 생각했다. 엄마는 내가 잊은 줄 알지만 나는 다 기억하고 있어. 다 알고 있어. 그때도 겨울이었지. 그때도 인천이었지.

그때 엄마는 왜 언니를 데려가지 않고 나를 데려갔을까?

이번에는 왜 언니를 데려오지 않고 나를 데려왔을까?

건물에 들어서자 열 개 정도의 눈이 자신들에게 꽂혔다. 장기주차장 휴게실은 넓이가 백 평쯤 되었다. 대형 온풍기가 한 대, 자판기가 두 대 있었다. 온풍기 주변에는 담요와 침낭을 깔고 누운 사내들이 몇 있었다.

이제 육십 번 좀 넘었어. 하이고, 점심때까지 백 번은 안 오니 걱정 마소.

사내 하나가 통화중이었다. 모범택시 기사들끼리 그렇게 지금 순번이 어떻게 되는지 전화로 알려주는 모양이었다. 기사들끼리 무슨 위원회를 만들어서 새벽마다 번호도 나눠주고 새치기도 단속하고 불법 콜밴도 잡는다고 들었다.

아빠 여기 없다. 엄마가 말했다.

전화해봐. 여자는 태연한 척했다.

엄마는 불안한 얼굴로 전화를 걸었다. 여자는 자신에게 쏟아지는 눈길을 느끼며 자판기에 가서 따뜻한 데자와를 두 캔 뽑았다. 목이 말라서가 아니라 손에 들고 있기 위해서였다. 손가락이 얼어서 잘 펴지지가 않았다.

새벽에 첫차를 타고 공항으로 왔다. 공항에는 장기주차장, 단기주차장, 직원용주차장과 택시주차장이 따로 있다는 것을 몰라 주차장을 한참 헤맸다. 추웠다. 해는 아직 뜨지 않았고 바닷바람이 코트 속을 뚫고 들어왔다. 단기주차장에는 택시가 한 대도 보이지 않았다. 여자는 덜덜 떨면서 생각했다. 아무리 불황이라도 뭘 공항에서 먹고 자면서 손님을 기다려. 차 안에서 며칠씩 잠을 잔다는 게 말이 돼? 또 걸린 거지. 망할 인간. 또 인천이네. 그러다 택시주차장에 가득 들어선 모범택시를 보고 말문이 막혔다. 주차장 관리소에는 전광판이 있었다. 모범택시 대기차량 백칠십팔 대. 택시가 한 대 빠져나가자 숫자는 백칠십칠로 줄었다.

엄마는 통화중이었다.

아니, 당신 걱정돼서…… 보람이랑 같이 왔어…… 금방 갈 거야……

내 이름 보람이 아닌데. 여자는 데자와를 건네며 말했다. 엄마는 대답하지 않았다.

십 분쯤 뒤에 아빠가 휴게실에 들어왔다. 머리가 웃기게 눌려 있었다. 아빠가 저렇게 늙은 사람이었나? 여자는 조금 놀랐다.

남편은 처자식 먹여 살리려고 한푼이라도 벌어보겠다고 주차장에서 노숙자 생활을 하고 있는데, 여편네는 남편 바람피우나 싶어 감시하러 왔구만?

그러니까 평소에 잘했어야지. 엄마가 들릴락 말락 하게 중얼거렸다. 그러면서도 손에 들고 있던 데자와를 남편에게 넘기고, 남편의 옷에 붙은 보푸라기들을 손으로 일일이 뗐다.

여기 일주일, 열흘씩 집에 안 들어가는 사람들 많은데 왜 당신만 유난이야. 어이, 장형, 형은 집에 안 들어간 지 며칠 됐소?

장형이라고 불린 노인은 아빠를 물끄러미 바라보기만 했다.

몸은 씻어요? 갈아입을 옷은 있어요? 여자가 물었다.

이 근처에 찜질방 있어.

그럼 밤에는 거기서 자지 그래요. 엄마가 말했다.

그러면 번호표를 못 받잖아. 여기는 뭐 타고 왔냐? 아빠가 데자와를 마시며 여자에게 물었다.

공항버스 타고 왔어요.

내 하루 일당이 너거들 공항버스 값으로 다 나가겠다.

일당이 그거밖에 안 돼요? 모범택시비 비싸잖아요. 난 타본 적도 없는데.

하루에 손님 한 번 태우는 게 전부인데 공항도로 통행료도 내고 기름값도 내야 할 거 아니냐. 강남 안 가고 어디 인천이나 공항동 같은 데 갔다 오면 그것도 안 남는다. 요즘 기름값 비싸다.

그들은 공항 청사에 가서 햄버거세트를 먹었다. 그 시간에 문을 연 식당이 맥도날드와 KFC뿐이었다. 비행기 이륙을 기다리는 외국인 커플, 외국인 가족들이 맥도날드에 가득했다. 커피가 너무 뜨거워서 입천장을 데었다.

난 이거 느끼해서 못 먹는다. 너 먹어라.

아빠가 감자튀김을 여자 앞으로 밀었다.

그들은 다시 주차장으로 돌아왔다. 한때 가족이 '회장님 차'라고 부르며 경탄하고 숭배했던 검은 대형차는 차량용 커버로 덮여 있었다. 차에 들어가고 나면 그다음에 어떻게 차 위에 커버를 씌우지? 여자는 궁금해졌다.

춥네. 빨리 가.

한번 안아보자. 아빠가 머뭇거리다 말했다. 여자는 아빠가 자신에게 너무 밀착하지 않게 조심하면서 몸을 내맡겼다. 땀냄새와 가죽시트 냄새, 그리고 왁스 냄새가 났다. 스프레이형 고광택왁스와 융으로 문질러 닦아야 하는 하드왁스. 그들 가족은 모두 차 표면이 거울처럼 반질반질해지도록 광을 내는 데 선수였다.

아빠는 차량용 커버의 옆구리를 들추고 허리께까지 끌어올렸다. 커버가 덮인 상태에서 자동차 문을 열고 몸을 숙여 곡예사처럼 작은 틈으로, 어둠 속으로 들어갔다. 엄마가 밖에서 커버를 다시 내려주었다. 엄마는 커버 위로, 조수석 문손잡이가 있는 부분에 손바닥을 잠시 대고 서 있었다.

어디 좀 잠시 들렀다 갈래? 공항 청사로 돌아왔을 때 엄마가 물었다.

어디?

여기 바다가 괜찮다던데…… 해수욕장도 있고 예쁜 카페도 있고 그렇대. 가서 해 뜨는 것도 보고……

나 오후에 수업 들어가야 된다니까.

눈 오면 큰일날 골목이네. 아주머니는 생각했다. 바닥이 바짝 말라

있는데도 미끄러져 넘어질 것만 같았다. 경사가 몇 도쯤 될까. 삼십도? 사십 도? 마치 하늘로 올라가는 길 같았다. 그런데 그 끝에는 하늘이 있는 게 아니라 다른 빌라 건물이 있었다. 아마 거기서 길이 꺾이는 것 같았다. 진짜 하늘을 보려면 목을 꺾어 위를 쳐다봐야 했다. 그러면 골목 위를 가로지르는 검은 전선 다발들 사이로 희뿌연 하늘이 보였다.

골목 폭은 차 한 대가 간신히 지나갈 정도였다. 양옆으로 촘촘히 들어선 빌라들은 고작해야 삼층이나 사층이었다. 그런데 너무 빽빽이 들어서 있고, 또 그 건물들이 들어선 길이 너무 가팔라서, 무슨 마천루들 아래 있는 것 같은 기분이 들었다. 빌라들은 모습이 제각각이기도 하고 모두 닮아 있기도 했다. 어떤 빌라는 이층과 삼층의 베란다가 앞으로 튀어나온 정도가 서로 달랐고, 어떤 빌라는 앞으로 기울어져 있는 것 같았다. 건물들은 모두 시궁쥐 살갗 같은 색이었다.

골목에는 눈에 띄는 노란색 가로등들이 서 있었다. 소금길, 이렇게 하면 안전하게 이용할 수 있어요. 112에 신고할 경우 전신주의 번호로 자신의 위치를 알립니다. 노란색 표지판에 CCTV 그림과 함께 '24시간 촬영중'이라는 문구가 적혀 있기도 했다. 학교에 저런 CCTV가 있어야 한다고 아주머니는 생각했다.

어떤 표지판에는 왜 이 길의 이름이 소금길인지에 대해 적혀 있었다. 아랫마을에 강나루가 있었는데 거기서 사람들이 젓갈을 담갔고, 그래서 소금장수들이 여기 모여 살았다고 돼 있었다. 표지판에는 서울시가 소금길 프로젝트를 시작해서 노란색 가로등과 노란색 표지판을 세운 이후로 이곳에서 범죄가 사라졌다고 적혀 있기도 했다. 소금 장수들이 조금 더 강 가까이에 터를 잡는 게 낫지 않았을까. 아주머니 는 생각했다. 여기는 강에서는 제법 먼데.

아주머니는 몸 왼쪽에 약한 마비 증세가 있었기 때문에 오른손으로 칠하지 않은 시멘트벽을 짚어가며 길을 올랐다. 왼쪽 발은 걷는 것과 질질 끄는 것 사이의 움직임으로 땅에 닿았다 떨어졌다. 그러다 위에 서 내려오는 자동차와 맞닥뜨렸다.

자동차 운전자는 난감한 표정으로 아주머니를 바라보았다. 골목 왼 편에 노란색 가로등이 서 있었기 때문에 차가 그쪽으로 피할 수는 없 었다. 아주머니가 골목을 건너 왼편으로 가서 가로등 뒤에 숨어 차를 보낼 수밖에 없었다. 아주머니는 오른손을 시멘트벽에서 떼고 조심 조심 골목을 건넜다. 길이 너무 가팔랐기 때문에 보폭을 넓게 할 수가 없었다. 한 발로만 서 있게 되면 미끄러져 넘어질지도 몰랐다. 아주머 니는 조심조심, 왼발을 질질 끌면서 골목을 건넜다. 한 발짝에 십 센 티미터씩.

자동차 운전자가 경적을 누르지는 않았다. 그래도 차 안의 운전자가 몹시 짜증이 나서 신경이 곤두서 있다는 사실이 몸으로 전해져왔다. 영훈이를 위해서라도 내가 힘을 내야 돼. 아주머니는 생각했다. 여기 서 넘어지면 안 돼. 아주머니는 왼발을 질질 끌면서 아장아장 걸었다. 그러나 한편으로는 차의 사이드브레이크가 풀리거나 타이어가 미끄 러져서 거기에 치여 죽는 것도 해방이 될 수 있겠다는 생각이 들었다. 아주머니가 차를 겨우 비켜나자마자 운전자가 가속페달을 밟았다.

아주머니는 계속 길을 올라갔다. 주변에 공중화장실이 보이지 않았고 화장실이 있을 것 같지도 않아 조금 걱정이 되었다.

찾던 주소의 빌라를 두 번이나 지나쳤다. 필지가 복잡하게 쪼개지면서 번지수가 괴상하게 붙게 된 골목이었다. 그러나 거기에는 어떤 패턴이 있었고 아주머니는 마침내 그 패턴을 알아보았다. 빌라 벽에 우편집배원이 분필로 번지수를 희미하게 적어놓았다. 빌라 대문은 열려 있었고, 찾는 주소는 반지하방이었다. 아주머니는 오른쪽 다리 힘으로만 계단을 내려갔다. 문이 잠겨 있는 걸 확인한 뒤 창문 틈으로 안을 들여다보았다. 잘 보이지는 않았지만 청소가 잘된 집 같았다.

아주머니는 다시 오른쪽 다리 힘으로만 계단을 올라왔다. 우편함을 뒤져 반지하방 앞으로 온 우편물들을 찾았다. 아주머니는 우편물을 보고 조금이라도 정보가 될 만한 것들은 모두 가방 안에 넣었다. 전화요금 고지서 같은 것도 가방에 넣었다. 아주머니는 불편한 자세로 우편함 옆 벽에 기대어 섰다.

그리고 남자를 기다렸다.

추억
나루
접대

A와 B, 두 가지 노선이 있어. A는 슬프지만 아름답게, 오늘 헤어지는 거야. 나는 이편을 추천해. 당분간 마음이 아프겠지만 너는 결국에는 극복해. 우리가 함께했던 시간은 소중한 추억이 될 거야.

B는 내일이나 모레쯤 헤어지는 거야. 대신 아주 비참하게 헤어지게 돼. 못 볼 꼴을 보게 될지도 몰라. 우리가 함께했던 기억도 결코 좋은 추억이 되지 못해. 끝이 안 좋으니까.

어떻게 할래?

오늘 헤어질 수는 없어. 조금만, 조금만 더 같이 있고 싶어.

저 「그믐」 읽었어요! 도서관 직원이 눈을 반짝이며 말했다.

이력서에서 작가님이 상 받았다는 부분 보자마자 서가에 가서 『한국미스터리단편선』 찾아와서 읽었어요. 정말 재미있게 읽었어요. 와, 끝에 반전이…… 정말 최고였어요.

어…… 고맙습니다. 남자가 말했다.

제가 그걸 저희 과장님한테도 읽어보시라고 했거든요. 저희 과장님도 좋다고, 문장이 참 단정하다고 그러셨어요. 사실 지원자 중에 방송작가도 한 분 계셨거든요. 그런데 저희 과장님이 아무래도 우리가 책을 만드는 건데 드라마 대사 쓰는 거하고는 좀 다르지 않겠냐, 그러셔서 작가님으로 최종 결정이 됐어요.

아까 뵌 그 과장님이요? 여자가 물었다.

네. 도서관 직원이 웃었다. 그분이 또 나름대로 한때 문학도셔서, 지금도 가끔 문예지 보시고 그래요.

여자는 한때 문학도였던 과장과, 잘 웃는 사서가 있는 이 도서관이 마음에 들었다. 학습실을 두지 않고 책을 빌리고 읽게 하는 데 집중한다는 운영 방침도 마음에 들었다. 그래서 고료가 적어서 죄송해요, 저희가 예산이 부족해서, 라고 사서가 속 보이는 말을 할 때에도 그다지 기분이 상하지 않았다.

어차피 백수인데요 뭐. 남자는 한술 더 떴다.

대신에 저희가 소식지를 내거든요, 계간으로. 도서관 직원이 '책 읽는 도서관 이야기'라고 써진 책자를 한 부 꺼냈다. 작가님 이번 작업 마치시면 저희 소식에 기고 좀 부탁드려도 될까요? 그 계절의 테마를 저희가 정하면 거기에 어울리는 책을 추천해주시면 돼요. 이건 원고료가 나름 훈훈해요.

네, 그러겠습니다.

그리고 참 또 죄송한 말씀이, 저희가 사실 작가님 작업을 도와드릴 자료가 그렇게 많지 않거든요. 일단 지난번에 작업한 것들이 저희 홈페이지에 올라와 있어요. 도서관 홈페이지에 가보시면 지역자료 코너가 있고 거기에 구비전승과 어문학, 문화유산 그런 메뉴들이 있어요. 거기 있는 자료들하고, 마포구청 홈페이지에 가셔도 우리 구 소개 메뉴 밑에 지명 유래나 인물, 지역 역사 같은 것들이 있어요. 민속문화라는 소메뉴 아래 전설이나 민담이 정리가 좀 돼 있고요. 아, 그리고 제일 중요한 거.

도서관 직원이 옆의 의자에서 종이 뭉치를 한 덩어리 들어 보였다.

마포구 소식지들인데요, 여기 14페이지쯤에 보면 '마포의 기억들'이라는 코너가 있어요. 원래 이번 프로젝트도 사실 이 코너 이야기들을 모아서 책으로 펴내면 어떨까 하는 데서 시작했거든요. 그런데 이 코너가 너무 짧고, 또 원래 여기 기사를 쓰신 편집위원님이 너무 연로하셔서 본인이 직접 그 장소들을 다 돌아다니는 건 무리라고 하셔서, 그러면 처음부터 다시 쓰자고 하게 된 거예요.

되게 신기하지 않아? 여기 좀 봐. 교회 지하실에 이런 바위가 있어. 남자가 '마포의 기억들'을 펼쳐 여자에게 가리켰다.

소식지에는 건물 지하에 있는 커다란 바위 옆에서 중년 여성들이 눈을 감고 기도를 하고 있는 사진이 실려 있었다. 바위 이름은 '개바위'라고 했고 노부부가 아끼던 개가 바위로 변했다는 전설이 있었는데 어디를 어떻게 봐도 그 바위가 개처럼 보이지는 않았다. 그 바위가 있던 자리에 교회가 들어섰다. 바위를 향한 자세 탓에 기도를 하는 사람들은 교회 신자가 아니라 무속인들처럼 보였다.

저희가 여기도 가야 하는 건가요? 이 교회 지하에? 여자가 물었다.

거긴 염리동인데요, 염리동은 현수동에 바로 붙어 있지는 않고 용강동이랑 대흥동 옆이거든요. 그래서…… 거기까지는 안 가셔도 될 거 같아요. 저희는 철저히 현수동이랑 그 주변 위주로, 그러니까 딱 이 도서관 근처 동네 이야기를 만들 거라서요.

이 근처만 가지고 책 한 권 분량이 나올까요? 여자가 다시 물었다. 편집부 기획회의를 하는 기분이었다.

나와요. 도서관 직원이 단언했다. 여기, 역사가 되게 오래된 곳이거든요. 고려시대부터 상업의 중심지였어요.

그래요?

예. 마포의 '포浦'자가 나루라는 뜻이거든요. 요즘 개념으로는 항구인 거죠. 쌀이나 소금, 서해에서 잡은 물고기들을 실은 배가 한강을 타고 와서 여기에 정박하고, 여기서부터 육로로 그 물건들을 싣고 사대문 안으로 간 거예요. 그 길을 따라 돈이 흐른 거죠. 마포나루부터 여기 도서관 있는 자리를 지나서 애오개, 충정로, 서대문으로. 여기 도서관 바로 앞에 지하철역 이름이 광흥창역이잖아요? 쌀창고가 여기에 있었던 거죠. 그 창고가 고려 때부터 있었대요. 그 옆으로 배에서 내린 물고기들 절이는 동네가 있었고. 그래서 한강에 새우도 없는데 새우젓 축제를 여기서 여는 거죠.

해박하시네요.

아니, 저도 이 프로젝트 준비하다가…… 큼, 제가 너무 잘난 체했나요?

그들은 사서와 책 구성과 부속물 문제를 조금 더 논의하고 도서관에서 나왔다. 사진은 마포 지역신문 사진기자가 찍어주기로 돼 있다. 사진기자와 같이 다닐 필요는 없고 사진을 찍을 장소와 담아야 할 포인트만 최대한 자세하게 메모를 남겨주면 고맙겠다고 했다. 여자는 '현수동 이야기'라는 가제가 너무 평범하다고 생각했지만 입 밖으로 그 얘기를 내지는 않았다.

이 동네 참 특이해. 도서관에서 나와 주변을 둘러보던 남자가 말했다.

뭐가?

과거의 기억이 아주 촘촘히 쌓여 있어. 어떤 부분은 아주 놀랍도록 또렷이 보여.

우주 알의 힘으로?

응.

잘됐네. 책 쓰는 데 아주 큰 도움이 되겠구만. 여자가 말했다. 여기까지 온 김에 홍대에 가서 맥주나 한잔 마시고 가자. 여자는 남자의 옷 주머니에 자기 손을 넣었다.

여자는 왜 자기 부서가 담당하는 것도 아닌 저자와의 저녁식사 자리에 자기가 와 있는지 잘 알았다. 편집부에서 제일 젊은 여직원이니까. 성인 단행본 담당 팀에는 이십대 직원이 한 명도 없었다. 출판 시장이 가라앉다보니 막내가 삼십대인 게 당연해졌다. 그러다보니 학습 만화팀의 여직원이 저자 접대자리에도 나오게 되는 것이다.

여자는 저자 접대자리가 어떤 것인지 몰라 겁이 났다. 도서 리뷰를 올리고 회원 응대를 하다가 편집부에 들어온 지는 채 한 달도 되지 않은 신참 편집자였다. 이게 다 배우는 기회야. 베스트셀러 작가들이 어떤 생각으로 글을 쓰는지 잘 들어보라고. 대표가 한정식집으로 가는 차 안에서 말했다.

그 기회를 왜 저한테만 주시는 건데요? 다른 남자 편집자들은 놔두고? 여자는 그 생각을 입 밖으로 내지는 않았다. 선배들이 자신을 두고 사장 앞에서 아부한다, 예쁜 척한다고 입방아를 찧는다는 사실은 여자도 알았다.

대표가 작가의 앞에 놓인 생선의 가시를 바를 때 여자는 움찔하며 젓가락을 들었다 놓았다. 자신이 나서도 되는지 몰랐고, 젓가락질도 능숙하지 못했다. 대신 자기 술잔을 비운 뒤 작가에게 건넸다.

잔 돌리지 말고 그냥 각자 먹고 싶은 만큼 따라 먹지, 뭐. 작가가 말했다. 잔 돌리다보면 꼭 주량 넘겨서 오버하게 돼요.

역시, 프로들은 자기 관리가 철저하군요. 대표가 말했다.

난 글도 스톱워치로 시간 재가면서 써요. 하루에 최소 여덟 시간. 그렇게 써야 노동하는 분들한테 부끄러운 게 없지. 글쓰는 게 무슨 벼슬인가.

역시. 그런데 김작가님은 계속 그렇게 집에서 집필에 몰두하시면 아이템은 어떻게 찾으세요? 그것도 매번 그렇게 팡팡 터지는 걸루.

야, 그건 진짜 돈 받고 해줘야 하는 얘긴데.

사실 제가 맘 통하는 작가님들 뵈면 여쭤보거든요. 요즘 시장 어떻게 보시느냐고. 트렌드는 어떻게 조사하시느냐고.

뭐라고들 그래요?

경제연구소나 광고회사 보고서 열심히 읽으신다는 분도 있고, 서점에 가서 살피신다는 분도 계시고……

경제연구소 보고서 읽는다는 분하고는 이제 책 만들지 마세요. 그건 아주 하수 중에서도 하수야. 보고서 나올 때쯤이면 이미 늦어요. 그 보고서를 읽고 그다음에 기획에 들어가서, 원고 쓰고, 편집하고, 책 나오면 그 트렌드는 다 끝났을 때지.

서점에 가서 살피는 거는요?

그것도 말이 안 되지. 남이 다 쓴 책을 보고 무슨 최신 트렌드 아이디어를 얻습니까. 잘해봐야 낙엽 줍기 하는 거죠. 그리고, 책 트렌드라는 게 어디 다른 트렌드랑 따로 뚝 떨어져서 존재합니까.

그러면 선생님은 어떻게 하시는데요? 여자가 처음으로 입을 열었다.

나는 거리로 나가봐요.

거리요?

우리가 초능력이 있어서 미래를 내다보고 앞일을 미리 알고 그러면 얼마나 좋겠습니까. 그런데 그렇지 않거든. 세상 제아무리 똑똑한 사람이라도, 단 한 치 앞도 못 본다 이거예요. 그래서 난 미래를 예측하겠다, 추론하겠다는 사람은 믿지 않아요. 내가 보는 건 거리에 나가서 먼저 온 미래를 보는 거지.

먼저 온 미래요? 대표가 앵무새처럼 작가의 말을 따라 했다.

그래. 먼저 온 미래. 미래가 어디에 먼저 오느냐. 부자 동네에 먼저 와요. 트렌드라는 게 말이에요. 절대로 가난한 동네에서 부자 동네로 거슬러올라가는 법이 없어요. 항상 부자 동네 문화가 가난한 곳으로 퍼져요. 난 집에서 작업이 안 될 때 노트북을 들고 가로수길에 가요. 가서 제일 비싸 보이는 카페에 들어가서 글을 써. 그렇게 글을 쓰면서 주변을 관찰하는 거예요. 가게에서 뭘 팔고 있나, 내부는 어떻게 꾸며놨나, 다른 사람들이 뭘 하고 있나, 뭘 입고 있나, 뭘 읽고 있나. 거기서 유행하는 게 조금 있으면 강남에서 유행할 거고, 그다음에 강북에서, 그리고 몇 달 뒤에 지방에서 유행할 거거든. 패턴이라는 거지.

하, 과연.

그렇게 돈이 흐르는 거리에 가야 해요. 돈도 물이랑 똑같아. 물길처럼 돈길이 있어서 골목골목이 다 연결이 돼 있어요.

택시기사는요? 여자는 말을 한 즉시 후회했다.

택시기사요? 트렌드 파악하는 데에 택시기사가 얼마나 도움이 되느냐고?

네.

택시기사들은, 옛날에는 도움이 됐죠. 트렌드라기보다는 민심이 어떤가 보는 데 유용했죠. 아무래도 다양한 사람을 만나고, 또 택시기사들 중에 의외로 시사문제에 이해가 깊은 사람들이 있어요. 라디오 시사프로그램 같은 걸 하루에도 몇 개씩 듣거든. 그런데, 요즘은 택시기사들이 민심 파악하는 데에도 별로 도움이 안 돼.

그건 왜 그렇습니까? 대표가 물었다.

택시기사들이 옛날에는 중산층이었어요. 딱 중산층의 중간까지는 안 돼도, 중간의 아래쪽 정도 됐잖아요? 그런데 이제는 그게 안 돼. 택시 운전하면 저소득층인 거예요. 그런데 이분들이 그렇다고 저소득층을 대표하는 의견을 말하느냐. 그것도 아닌 게, 왜냐하면 다들 화가 나 있어요. 내가 한때는 중산층이었는데, 잘못한 것도 없고 하던 일 똑같이 하고 있는데 이제 먹고사는 게 위협을 받는다 이 말이지. 그러니까 뭔가 분풀이를 할 대상이 필요한 거야. 정치라든가 공무원이라든가.

맞습니다. 저는 그래서 택시기사들이 정치 이야기하면 듣지도 않습니다. 그냥 자는 척해요. 대표가 말했다.

내가 아까 우리 중에 미래를 볼 수 있는 사람은 아무도 없다고 했죠? 그런데 현재를 제대로 보는 사람도 많지 않아요. 사람이 과거에 사로잡혀 있거나 미래에 홀려 있으면 현재를 제대로 보지 못해요. 서울 택시기사들, 특히 개인택시 하시는 분들은 내가 보기에 상당수가 과거에 사로잡혀 있어요. 작가가 말했다.

담배
가명
교탁

지금부터 불시 소지품 검사를 시작하겠다. 다 가방 꺼내서 책상 위에 올려놓고, 교실 뒤로 가서 서 있어.

수업 안 한다며 히죽 웃는 아이도 있었고, 얼굴이 파랗게 질린 아이도 있었고, 툴툴거리는 아이도 있었다. 책상 끄는 소리, 의자 밀치는 소리가 요란하게 났다. 남자 교실에서는 무엇이든 시끄러웠다.

담배, 라이터, 핸드폰, 만화책, 이런 거 있는 놈들은 지금 자진 신고해. 자진 신고하면 다섯 대, 뒤져서 나오면 열 대씩이다.

아무도 나서지 않았다.

새끼들, 내가 공갈치는 줄 아는구나?

남자 교사는 창가 자리부터 검사를 시작했다.

그러니까 이 새끼들아, 담배를 피워도 학교 끝나고 어디 산에 올라가서 몰래 피우란 말이다. 학교에 있는 시간에만 참으면 안 되냐? 그걸 꼭 교직원 화장실에까지 들어가서 똥냄새 맡으며 피워야겠냐?

똥냄새라는 말에 교실 뒤에서 웃음이 터졌다. 남자 교사도 낄낄거리며 웃었다.

똥냄새 섞이면 담배맛이나 제대로 나냐? 선생들이 싸는 똥이 얼마나 지독한 똥인데.

교실 뒤에서 웃음소리가 한층 더 커졌다. 교사는 처음에는 모든 서랍과 가방 속을 들여다보고 손까지 넣었지만 그런 꼼꼼함은 오래가지 못했다. 교사가 철저히 뒤지는 자리와 대충 살피는 자리로 아이들은 자기 선생이 누구를 신뢰하고 누구를 의심하는지 알 수 있었다. 교사는 어떤 자리에서는 가방을 거꾸로 들어 털기도 했고 필통을 열어보기도 했다.

야, ○○○, 너 이거 뭐야? 화장품이야? 페이셜…… 이거 뭐라고 쓴 거야, 씨발? 읽지도 못하겠네.

그거 화장품 아닌데요. 여드름 치료젠데요.

교실 뒤에 선 아이들이 웃음을 터뜨렸다.

야, 비포장이 약 바른다고 포장 되냐? 넌 세수부터 좀 열심히 해.

아이들이 조금 전보다 더 크게 웃었다.

야, 이영훈. 너 지금 쓰레기통에 뭐 넣었어?

아이들이 웃음을 딱 멈추었다.

아무것도 안 넣었는데요.

이영훈이라는 아이가 말했다.

너 이 새끼야, 내가 딱 봤는데 그렇게 거짓말을 할래?

진짜 아무것도 안 넣었는데요.

이 새끼야, 너 그 쓰레기통 들고 이리 나와.

이영훈은 낭패라는 얼굴로 쓰레기통을 들고 교탁 앞으로 걸어갔다. 얼굴이 벌게진 남자 교사가 쓰레기통을 살피더니 다짜고짜 이영훈의 머리를 후려쳤다. 교사는 비틀거리는 학생의 가슴을 발로 걷어찼다.

아무도 웃지 않았다.

엎드려뻗쳐.

이영훈은 엎드려뻗쳤다.

어? 이 새끼야. 내가 남자반 담임을 한두 해 한 줄 아냐? 진짜 존만한 새끼가.

교사가 이영훈을 걷어차며 말했다. 이영훈은 걷어차일 때마다 바닥에 나동그라졌다가 재빨리 원위치로 복귀했다.

야, 반장 나와.

반장이 덜덜 떨면서 앞으로 나왔다.

반장, 너는 쭉 돌면서 의자 전부 책상 위에 뒤집어놔.

그 말에 누군가 뒤에서 아으, 하고 탄식했다. 반장은 덜컹덜컹, 끽끽, 소리 내면서 교실을 돌아다니며 의자를 뒤집어놓았다. 의자 아래에 양면테이프로 붙여놓은 담뱃갑이 두 개 나왔고, 그 자리 주인인 학생들이 교탁 앞으로 나와 엎드려뻗쳤다.

야. 내가 저기 끝자리까지 안 뒤질 거 같지? 니들 맘이 다 내 손바닥 안이다. 주머니에 담배나 핸드폰 있는 새끼들, 지금이라도 나와. 지금이라도 나와서 여기 교탁 위에 핸드폰 올려놓으면 그건 봐준다.

아이 두세 명이 망설이다가 앞으로 나가 폴더폰을 교탁 위에 올려놓았다. 아이들이 교실 뒤로 돌아가려 할 때 교사가 말했다. 어딜 들어가. 저기 뻗쳐 있어. 아이들은 입을 벌렸으나 아무 말도 못하고 이영훈 옆에 엎드렸다.

교사는 남자아이의 자리에서 CD를 한 장 찾아냈다. 공CD 표면에는 정성 들여 쓴 글씨로 '바디 에일리언'이라는 제목이 적혀 있었다.

내 이런 것도 하나 나올 줄 알았다. 여기 누구 자리야? 앞으로 나와.

남자아이가 앞으로 걸어갔다.

저기 뻗쳐 있어. 교사가 턱끝으로 교탁 옆을 가리켰다.

그거 야동 아닌데요.

남자아이가 말했다.

야동 아니면, EBS 교육방송이냐? 너 이 새끼, 지금 나를 우롱하냐? 교무실 내려가서 다른 선생님들 다 있는 앞에서 이거 한번 틀어볼까?

남자아이는 불만스러운 표정으로 교사를 노려보았다.

야 이 새끼야, 어딜 노려봐? 눈 안 깔아? 이 새끼야, 이게 야동 아니면 내용이 뭔데? 뭔데 바디가 들어가고 에일리언이 들어가?

남자아이는 고개를 숙였지만 입은 열지 않았다.

내용이 뭐냐고? 말 안 해?

아무리 선생님이라도 이렇게 학생 소지품을 마음대로 뒤져 보면 안 되는 거 아닙니까.

남자아이가 말했다.

뭐?

아무리 선생님이라도 이렇게 학생 소지품을 마음대로 뒤지는 건 인권침해라고요.

교실이 얼어붙었다.

여자는 재빨리 원고의 제일 앞장을 확인했다. 저자의 이름은 평범했다. 딱히 그 이름을 보고 생각나는 얼굴은 없었다. 하지만 이런 공모전에는 가명이나 지인 이름으로 원고를 보내는 사람들이 많다는 걸 여자는 알고 있었다. 물론 전화번호도 모르는 번호였다. 하지만 이메일 주소는 어딘지 낯이 익었다.

body_alien1234@gmail.com

여자는 다른 본심 대상작을 복사하고 다시 『우주 알 이야기』 원고 뭉치를 집어들었다. 글을 읽으면 읽을수록 더 앞뒤를 알기 힘들게 되었다. 원래부터 시간순으로 서술된 작품이 아님은 분명했다. 뒤로 갈수록 한 챕터의 길이가 길어지고, 소제목과 글 사이에는 어떤 패턴이 있는 것 같았는데, 그건 그냥 여자의 착각인지도 몰랐다. 소제목으로 쓰이는 단어가 나오는 부분을 찾아 잇고, 남자 주인공이 죽는 부분을 기준 삼아 앞과 뒤를 배치했더니 글이 더 복잡해졌다.

응모자에게 전화를 걸어? 여자는 망설였다. 저희 실수로 당신 원고가 뒤죽박죽이 되었습니다, 원고를 혹시 다시 보내줄 수 있을까요, 라는 말을 들으면 응모자가 뭐라고 반응할까. 문학상 응모자들 중에는 별별 희한한 피해 의식에 휩싸인 사람들이 있었다. 응모자가 지금 자기 컴퓨터에 접속할 수 없는 상태라 당장 원고를 보내줄 수 없는 처지일지도 모른다. 안 그래도 예심 심사위원 한 명이 시간을 끌어 일정이 많이 늦어졌다고 하던데.

게다가……

소설의 몇몇 부분이 그녀가 고교 시절 겪은 일이었던 것만 같아 속이 울렁거렸다. 아주 개인적인 에피소드들이라고 하기는 어려웠다. 미묘하게 세부 사항도 달랐다. 하지만 주인공 남녀가 학생 시절 토요일 오후에 철봉에 나란히 앉아서 추리소설 이야기를 하는 대목에 이르러서는 이게 우연일 리 없다고 생각했다. 같은 반 아이를 찔러 죽인 그 남자아이가 이 소설을 썼다.

결국 『우주 알 이야기』 원고는 대충 정리해서 복사하고 다시 제본했다. 그뒤로 며칠간 여자는 '이 원고는 글 순서가 어떻게 된 거야? 이거 누가 복사했지?'라는 말이 청소년문학팀에서 나오지 않을까 노심초사했다. 그러나 그런 문의나 항의는 없었고, 다른 작품이 당선작으로 뽑혔다.

며칠 뒤 청소년문학팀의 후배 한 명과 밥을 먹을 때 『우주 알 이야기』가 화제에 올랐다.

평론가 선생님이 그거 쓴 사람 한번 만나보라고 하셨어요. 호들갑을 잘 떠는 후배가 말했다.

그래서, 만나기로 했어?

아니요. 안 그럴 것 같은데요? 바빠서요. 만나서 할말도 없고. 그냥 팀장님이 평론가 선생님 앞에서만 아 예, 예, 그러고 말았죠.

당선작은 어때? 팔릴 거 같아? 여자는 말을 돌렸다.

저는 잘 모르겠어요. 애들은 별로 안 좋아하고 엄마 아빠들이 좋아할 거 같더라고요. 그것도 중요하긴 한데, 저는 좀. 설정이 확 들어오긴 하는데, 『다이버전트』 짝퉁이라는 지적도 좀 있고. 저도 사실 『우주 알 이야기』가 더 좋았어요.

그래?

예. 당선될 만한 작품은 아니었어요. 그런데 사람 기분 되게 이상하게 만드는 데가 있더라고요. 막 옛날에 고등학교 다녔을 때 생각나고.

하지만 그건 내가 고등학교를 다녔을 때의 얘기야. 여자는 생각했다. 그건 내가 다녔던 고등학교에서 일어났던 일이라고.

후배가 자기 컴퓨터가 너무 느리다고 불평할 때 여자는 불필요한 시스템 파일들을 삭제해주겠다고 하고 그 자리에 가서 앉았다. 바탕화면에 청소년문학상 본심에 오른 응모자들의 연락처 파일이 있었다. 여자는 그 파일을 열어 남자의 전화번호를 옮겨 적었다.

며칠 뒤에는 종이 쓰레기를 모아놓는 곳에서 『우주 알 이야기』 사본을 발견했다. 여자는 주위를 둘러보고 그 사본을 가져와 자기 가방에 넣었다.

야, 니들이 사람답게 굴어야 사람 대접을 해줄 거 아냐! 인권? 넌 이 새끼야, 권리가 너한테만 있다고 생각하지? 나한테도 학생지도권과 학생감독권이라는 게 있어! 그리고! 권리에는 책임이 따라야 하는데, 엉? 너한테…… 아 씨팔. 이 새끼가 진짜 야마 돌게 만드네.

교사가 다음에 할 말을 생각하는 동안 교실 뒤에 선 아이들은 숨소리도 내지 않았다.

너희들은 아직 미성년자야, 미성년자. 그게 뭔지 알아? 성인이 아니란 말이야. 니들 인권도 교육 목적에서 제한이 된다 이 말이야! 머리에 피도 안 마른 새끼가 어디서 개소리 주워들어와서는…… 소지품 검사는 미국 학교에서도 해, 이 새끼야.

남자아이는 고개를 푹 숙인 채 아무 말도 하지 않고 있었다.

야, 니들 다 복도로 나가. 복도로 나가서 엎드려뻗쳐.

학생들이 웅성거리며 복도로 나갔다.

야, 너. 인권. 너는 그냥 거기 서 있어. 네 인권은 내가 보장해줄게. 너한테는 내가 학습지도도 학습감독도 하지 않을게. 그럼 됐지? 응?

교사가 남자아이를 불러 세웠다. 그는 교실 문을 열고 엎드려뻗친 학생들을 향해 말했다.

씨발, 1번 들어와.

성이 강姜인 아이가 겁먹은 표정으로 복도에서 교실로 들어왔다.

거기 엎드려뻗쳐.

강씨 아이가 칠판 아래 엎드렸다. 교사는 교탁을 발로 밀어서 하키 스틱을 휘두를 공간을 확보했다.

강씨 아이는 하키스틱으로 얻어맞고는 그 타격의 강도에 너무 놀라 벌떡 일어났다. 아이는 눈이 휘둥그레져 한 발로 뛰다가 교탁에 기대

엉덩이를 쓰다듬었다.

똑바로 엎쳐, 이 새끼야.

얻어맞던 아이는 그 상황을 납득할 수가 없어 잠시 망설였다. 이건 너무 아픈데. 그리고 난 아무것도 잘못한 게 없는데.

안 엎쳐?

하지만 결국에는 폭력에 굴복할 수밖에 없었다. 강씨 아이는 자세를 갖추고 또 한 대를 얻어맞았다. 그리고 또 아까처럼 자리에서 벌떡 일어나 교탁에 몸을 기댔다.

이 새꺄, 지금 장난해? 이게 웃겨?

강씨 아이는 석 대를 더 맞고 자기 자리에 들어가 앉았다.

다음!

교사가 복도를 바라보며 말했다. 구씨 아이가 와서 엎드렸다.

구씨 아이는 이를 악물고 매를 버텼다. 잘못 맞으면 허리 나간다. 두 대를 때리고 나서 교사가 말했다. 그리고 석 대를 더 때렸다. 남자 아이는 고개를 숙이고 그 광경을 보고 있었다.

김씨 아이 두 명이 매를 맞고 들어갔다. 문씨 아이를 때릴 때 하키 스틱이 부러졌다. 아 쌍. 교사가 중얼거리더니 복도로 나갔다. 다들 엎드려뻗쳐 똑바로 하고 기다리고 있어. 교사는 한쪽 팔을 주무르면서 아래층으로 내려갔다.

한숨. 속삭임. 갔냐? 욕지거리. 뭐냐 저 새끼? 오늘 갑자기 왜 지랄이냐? 다시 한숨. 아 씨발 이거 경찰에 신고해야 되는 거 아니냐? 아이들은 엉거주춤한 자세로 복도 바닥에 앉았다. 씨발 개떨려 죽는 줄 알았네. 민씨 성을 가진 아이가 말했다.

계속해서 엎드려뻗쳐를 하는 아이들은 없었지만 그렇다고 교실로 들어가는 아이도 없었다. 교실에 서 있던 남자아이도 계속 서 있었다. 종이 울리자 다른 반 아이들이 교실에서 나와 호기심 가득한 얼굴로 달려왔다. 야, 니네 왜 그래? 씨발 무슨 일 있었냐? 아 몰라 씨발. 존나 좆같았거든? 묻지 마라. 아이들은 교실로 들어왔다.

남자아이는 자리에 앉았다. 다른 아이들이 흘끔흘끔 남자아이를 바라보았다. 남자아이는 엎드려 자는 척했다.

야.

고개를 드니 앞에 이영훈이 있었다.

씨발 반 분위기 존나 개판으로 만들고, 자냐?

남자아이는 코웃음을 쳤다. 넌 어차피 담배 때문에 걸린 거잖아.

와 씨발 너 말 존나 싸가지 없이 한다. 이영훈이 말했다.

여상
가면
로션

아버지가 어떻게 싫었어? 남자가 물었다.

과거를 볼 수 있다며. 그건 안 보여?

그건 안 보여.

편리하다. 여자가 웃었다.

음, 이런 거야. 네가 이차원 세계의 생물이라고 생각해봐. 일층에서 살면서, 일층만 보면서 사는 사람이라고. 이층이 있다는 생각조차 못 하고 사는 거야. 그런데 누가 네 주변에 벽을 둘러. 그러면 그 벽 너머가 보이지 않겠지? 그런데 만약에 삼차원 생물인 내가 벽에 사다리를 놓고 올라가서 벽 너머를 보면 어떨까. 네 눈에는 내가 갑자기 사라졌다가 다시 나타나더니 벽 너머에 있는 걸 봤다고 주장하는 거야. 하지만 너는 그게 맞는지 그른지 알 수가 없어.

흐응.

그러다가 내 말을 믿을 수도 있겠지. 그런데 내가 어떤 때에는 벽 너머가 안 보인다고 하면 넌 웃을지도 몰라. 벽 너머가 보이면 보이는 거고 안 보이면 안 보이는 거지 왜 어떤 때에는 보이고 어떤 때는 안 보이는 거냐고. 너무 편리한 속임수라고.

흐응.

주변에 둘러쳐진 벽의 높이가 달라서 그런 건데 말이야. 어떤 부분은 벽이 사다리보다 높은 거라고. 그럴 때엔 나도 어쩔 수가 없어. 실제로는 나는 가끔 삼차원을 넘어서 시공간연속체를 어떤 지점에서 굽어보고 내다보는 거고, 너는 삼차원 안에 갇혀 있는 거지. 그래서 나는 과거나 미래의 어떤 지점들이 보여. 하지만 안 보이는 부분도 있어. 중간에 장애물이 있는 곳도 있고, 너무 멀면 흐려지기도 하고.

그 연속체 이야기 좀 그만해. 여자가 남자의 볼을 꼬집은 채로 흔들었다.

어으어으어으으. 남자가 웃기는 소리를 냈다. 그래서 아버지가 어떻게 싫었는데?

글쎄. 스물몇 살 때까지는 치 떨리게 싫었어. 돌아가셨을 때에도 난 하나도 슬프지가 않았어. 저 사람이 나한테 해준 게 뭐 있나, 그런 원망이 너무 깊어서. 우리 아빠는 결혼을 하면 안 되는 사람이었어. 엄마 때리고 가구 부수고 그런 것도 그렇지만, 기본적으로 사람이 무책임해. 한량이었지. 밖에 나가서 노는 걸 더럽게 좋아했어. 사람 만나

고 노는 거. 무슨 감투 쓰는 걸 그렇게 좋아했어. 무슨무슨 택시조합
장. 동네 동장. 등산회장. 어디 사무장. 어디 총무. 그걸 되게 으쓱해
했어. 어린 마음에도 보고 있으면 정말 웃겼어. 난 중학교 때까지 만
날 반장하고 회장하고 그랬거든.

그건 몰랐네. 남자가 여자의 머리를 쓰다듬었다. 아빠가 되게 좋아
했겠다.

아니. 내가 회장인지 반장인지도 몰랐을걸. 아예 학생회장이라는
게 뭔지도 몰랐을 거야. 그런 데 관심이 없었어. 엄마도 마찬가지였
고. 있잖아, 우리 가족들은 다 되게 무식해. 주변에 대학 근처를 가본
사람이 없어. 우리 엄마는 중학교도 졸업 못했어. 나 대학 가야 할 때
앞으로 어떤 직업을 가지려면 어떤 전공을 택해야 되는지 얘기해주는
사람이 집에 하나도 없었어. 그 사람들은 전공이라는 게 뭔지도 몰랐
을걸? 나는 상경대라는 게 뭔지 대학 와서 알았어. 비즈니스우먼이라
는 게 무슨 의사나 판사처럼 하나의 직업 이름인 줄 알았다.

언니도 대학 안 갔나?

우리 언니 여상 나왔어.

그런데 너는 무슨 유전자를 물려받아서 혼자 그렇게 공부를 잘했
어?

몰라. 모르겠어. 진짜 나 주워온 애 아닌가, 산부인과에서 아기 바
뀐 거 아닌가 그런 생각도 진지하게 해봤어. 우리 가족 보면 할머니부
터 언니까지, 사촌오빠들이나 이모 고모들까지 다 닮았는데 나만 이
상해. 다 생각 없고 고집 세고 막무가내인데 나만 안 그래. 열 살 때

그걸 깨달았지. 다락방에 들어가서 생각했어. 나는 우리집 가족들이랑은 평생 서로 이해할 수가 없겠구나. 마음이 통할 수 없구나. 그걸 열 살 때 알았어.

막 천성 자체가 폭력적이거나 아니면 엄마가 너무 미워서 저 여자를 때리고 싶다, 버르장머리를 고쳐놔야겠다, 그랬던 건 아니었던 거같아. 그냥 아빠는 계속 밖에 나가 놀고 싶은데 엄마가 그걸 못하게 막는 거야. 그러면 짜증이 나는 거지. 그러니까 아이처럼 물건 집어던지고 떼를 쓰는 거야. 엄마 밀치고. 우리 엄마도 무식한데 성깔은 있으니까 거기에 바락바락 달려들고. 또 도박할 거면 나 죽이고 하라고. 그런 식이었지. 우리 아빠 도박도 하고 바람도 피우고 아예 다른 여자랑 살림을 차린 적도 있어.

어……

나한테 제일 오래된 기억이 뭔지 알아? 여섯 살 때인 것 같은데, 우리 엄마가 식칼을 자기 목에 대고 죽이라고 막 악을 쓰던 장면이야. 죽여, 죽여! 그러는 거. 식칼이 목에 닿아서 살갗에서 피가 막 나서 흘렀어. 그때는 엄마는 아직 이십대였고 아빠도 막 서른이었을 테니 둘다 혈기가 왕성했겠지. 그래도 애 앞에서 그러면 안 되는 거잖아. 나는 그게 세상 첫 기억이라고.

많이 무서웠겠네.

응. 무서웠어. 막 엄마나 아빠 다리에 매달려서 그러지 말라고 울기도 하고 무릎 꿇고 빌기도 하고 그랬어. 그때 우리집에 왜 있었는지 모르겠는데 큰 작두가 하나 있었거든? 엄마가 거기에 자기 손목 집어넣고 자른다고 하고 그러기도 했어. 원래는 머리를 집어넣으려고 했는데 거기 머리가 안 들어가서.

언니는 그때 뭐했어?

언니는 그냥 그런 일이 생기면 자기 방에 틀어박혔지. 이골이 난 거지. 또 언니는 그때 한창 사춘기였으니까 그런 거 있잖아. 센 척하는 거. 그냥 자기 방에 틀어박혀서 귀에 이어폰 꽂고 음악 들었어. 언니는 자기 워크맨이 있어서. 그 이어폰을 나한테는 안 줬어. 자매가 이어폰을 하나씩 한쪽 귀에 꽂고 있을 수도 있잖아. 그런데 언니는 그걸 다 자기 귀에 꽂았어.

자기도 무서웠을 수도 있지. 아무리 나이 차이가 난다고 해도 그때 너희 언니도 중학생이나 뭐 그 정도 아니었어?

당연히 언니도 무서웠겠지. 그래도 나는 내가 중학생이고 나한테 어린 동생이 있었으면 엄마 아빠가 그렇게 싸울 때 그 동생을 꼭 안 아줬을 거야. 즐거운 음악 들려주고 노래를 불러주면서 동생이 밖에서 싸우는 소리 못 듣게 할 거야. 우리 언니가 생긴 건 엄마를 닮았어. 못생겼지. 나는 아빠랑 똑같이 생겼고. 그런데 성격은 반대야. 언니가 아빠 성격을 물려받았고, 나는 엄마 성격을 받았어. 뭐냐면, 아빠도 언니도 되게 이기적이야. 정말 자기중심적이고 다른 사람들 생각을 못해. 못하는 건지, 안 하는 건지. 그 사람들한테는 가족도 남이야. 아니, 오히려 남보다 못해. 반대로 우리 엄마는 약간 의부증 같은 게 있고. 그렇다고 엄마가 나나 언니를 사랑했느냐 하면 그런 건 아니야.

의부증도 사랑하고는 거리가 멀었고, 그냥 어떤 집착 같은 거였어.

그러면 너도 그래? 의부증?

나도 그래. 여자는 잠시 뜸을 들이다 답했다. 남자 사귈 때 그런 거 때문에 힘들었어. 여자는 한번 더 뜸을 들였다. 그런 아빠 밑에서 자랐기 때문인 거 같아.

너는 학교에서는 굉장히 밝아 보였어. 뭐랄까…… 굉장히 에너지가 넘쳐 보였어. 매사에 당당하고, 막 아이들을 이끌고.

그랬어. 집이랑 학교는 또 달랐던 것 같아. 글쎄. 무슨 연기라도 하고 있었던 걸까.

아니면 이중인격?

연극성 성격장애?

너 일학년 때 수학여행 가서 장기자랑 때 랩하고 춤췄었잖아. 〈전사의 후예〉 부르지 않았던가?

그랬던가. 여자는 기억이 나지 않는 척했다. 왜 하필 그런 노래를 불렀을까. 불길하게. 여자는 생각했다.

너 남자반에서도 유명했어. 셀러브리티? 이슈메이커? 뭐 그런 느낌이었어.

그게 다 가면이었던 거지. 지금은 안 그렇잖아. 에너지? 당당함? 내가 누굴 이끌어? 다 전혀 아니지. 고등학교 졸업하고 나서 싹 바뀌었어.

아. 그러면 요즘은 밖에선 이 모습이 아니야? 지금은 되게 당당해 보이는데. 항상 나를 이끌고.

이게 또다른 가면인 거야. 밖에선 그냥 조용해. 얌전하고 시키는 일

말없이 다 하는 착한 회사원이지.

그러면서 가끔 농땡이도 피우고?

고3 때부터 살이 쪘어. 그러면서 말수가 줄어들었어. 여자는 잠시 뜸을 들였다. 네가 학교를 떠난 다음부터 살이 쪘어.

아빠가 외모에 신경을 되게 많이 썼어. 머리가 진짜 이 대 팔 칼 가르마였어. 포마드를 잔뜩 발랐지. 키도 크고 얼굴이 좀 옛날식으로 부담스럽게 잘생겼어. 눈 크고 눈썹 진하고 좀 남방계로, 내가 세상에서 제일 싫어하는 얼굴이야. 난 쌍꺼풀 없고 눈 작은 남자가 좋아. 비나 송중기처럼 눈이 길게 찢어지고, 웃는 게 예쁜 스타일. 아마 아빠가 싫어서 그런 거겠지. 포마드 냄새는 정말 싫어. 토 나와. 잘 씻지는 않으면서 뭘 머리에 그렇게 처발라대. 우리 아빠가 좀 더러웠어. 씻질 않았어. 그냥 옷 밖으로 드러나는 부분만, 세수만 하는 거야. 난 내가 남자 사귀기 전까지는 남자들은 다 그렇게 안 씻는 줄 알았어.

거실에 나랑 언니랑 엄마가 있는데 아빠는 우리를 쳐다보지도 않아. 저녁이 되면 또 누구를 만나러 나가야 하니까. 자기가 무슨 총무니 사무장이니 조합장이니 속해 있는 모임 사람들. 요즘 같았으면 아마 중년 아줌마 아저씨들 인터넷으로 만나는 번개모임 많이 나갔겠지. 그거 있잖아, 왜. 단톡방에서 자기들끼리 무슨 회원님 무슨 회원님 하면서 썸 타는 거. 테크노마트 십층 같은 데서 다 같이 감자탕 먹으면서 소주 한잔씩 하고 자기소개하고 위에 올라가서 영화 보고 그다음에 맥주 마시고 노래방 가고.

엄마는 마루에서 나물을 다듬거나 다림질 같은 걸 하고 있고, 언니는 무슨 시시한 로맨스소설 같은 거 읽고 있고, 나는 옆에서 엄마를 돕거나 공부를 하고 있으면, 아빠는 자기 바지 같은 걸 보고 있어. 바짓단 길이 일 센티미터 이 센티미터 그런 걸 엄청 신경쓰는 사람이었어. 거울 앞에서 소매 길이 같은 거 보면서 괜히 눈 찌푸렸다가 몸이 리저리 틀었다가 하고. 아빠 옷도 되게 많아. 엄마 옷보다 많았을 거야. 그런 모습을 보면서 대체 저 사람은 뭘까, 저 사람은 아버지라는 게 어떤 건지 알기는 아는 걸까, 저 사람한테 우리는 어떤 존재일까, 그런 생각을 했어. 정말 혐오스러웠어.

그래서 남자가 다 싫었어? 남자가 물었다.

지금도 싫어해. 여자가 말했다. 중년 아저씨들. 되게 더러워. 지하철이나 버스에 있는 아저씨들 보면 다 더럽고 아저씨 냄새 나고 싫어. 죽여버리고 싶어. 칼로 쑤시고 싶어. 다리 쩍 벌리고 있는 모습, 아무 데나 침 뱉고 이상한 소리 내고, 사람들 보는 데서 이빨 쑤시거나 콧구멍 파고, 기침도 되게 크게 하고, 재채기는 무슨 폭탄 터뜨리는 거 같고. 다른 사람 몸에 자기 몸이 닿는 거 신경 안 쓰고, 자기 앞에 서 있는 사람 막 밀치고 가고. 전화할 때도 목소리가 엄청 커. 지하철 칸이 다 울려. 뭐? 충정로! 내가 글루 갈 참인데! 막 이런 식으로 떠들어. 그러지 마. 일본 사람들처럼 공공장소에서는 작은 목소리로 말하고 조심조심 걸어다니란 말이야.

응. 그럴게. 남자가 말했다.

엊그제 뉴스 봤어? 여자가 말했다. 서울역에서 어떤 사십대 회사원이 여자들 어깨를 치고 다녔어. 그 사람이 전부터 유명했대. 서울역에 가면 어떤 아저씨가 젊은 여자들 어깨를 팔로 때리고 다닌다고. 그래서 경찰이 수사를 한 거야. CCTV에 그 남자가 나와. 어린 여자가 보이면 팔로 어깨를 때려. 여자들은 힘이 없으니까 막 어깨만 맞아도 몸이 휙휙 돌아가고 자리에 주저앉고 가방 떨어뜨리고 그래. 그래서 여자가 그 남자를 쳐다보면 그 아저씨가 뭐라고 욕을 해. 그러면 여자들이 겁먹고 그냥 가는 거야. 그런데 그 아저씨는 남자들이 오면 가만히 그냥 걸어가. 그 영상을 보고 있는데 막 그 남자를 패 죽이고 싶었어. 가서 눈알을 뽑아버리고 싶었어. 가끔 나는 길을 가면서 그런 냄새나는 아저씨들을 보면서 생각을 해. 내가 생뚱맞게 먼저 때릴 수는 없으니까 저 아저씨가 나를 먼저 때렸으면 좋겠다고 생각해. 그러면 내가 게거품을 물고 덤빌 거야. 그러면 그 아저씨가 이기겠지. 하지만 나는 피를 질질 흘리면서 웃으면서 끝까지 달라붙을 거야. 그러면 그 아저씨가 결국에는 미친년, 이러면서 도망가겠지.

아니 남자가 싫다면서 아이돌은 왜 그렇게 좋아해?

내가 말하는 남자는 아저씨들 이야기야. 어린 남자는 좋아. 어린 남자한테서는 아저씨 냄새가 안 나.

나는 어리지 않은데.

너는 그렇게 비열하지 않아. 되게 몸과 마음이 순결해. 넌 샤워도 오래 하고. 네 몸에서는 좋은 냄새가 나.

그거 베이비로션 냄새야.

그 냄새말고, 네 냄새가 따로 있어. 좋은 냄새야.

나합
칼럼
학기

밤섬대림아파트, 현수현대아파트, 강변태영아파트, 이렇게 세 아파
트촌 사이에 작은 빌라 건물 몇 채가 서 있었다. 164-4번지는 그 빌
라 단지의 한귀퉁이였다. 얼음창고 흔적은 약간 남아 있었다. 남자는
거기서 사진을 찍고 수첩에 몇 가지 떠오르는 단상을 적었다. 책자에
따르면 조선시대에는 이 창고에서 얼음을 보관하다 왕궁에 바쳤고,
6·25 때에는 이곳을 방공호로 이용하기도 했다. 그곳에서 얼음을 자
르는 검은 얼굴의 일꾼들과, 폭탄을 피해 숨은 어느 가족의 모습이 희
미하게 보였다. 어머니와 아버지는 겁에 질린 반면 아이는 너무 무료
해서 차라리 폭탄이라도 근처에 떨어지기를 바라는 표정이었다.
　남자는 얼음창고 터에서 나와 밤섬대림아파트로 갔다. 면적이 천

평이나 됐다는 대저택이 있던 곳이라고 했다. 그 저택을 지은 문신 박세채에 대한 설명이 적힌 작은 표석이 아파트 입구 눈에 잘 띄지 않는 곳에 서 있었다. 놀이터 쪽으로 큰 정자처럼 생긴 망루의 모습이 나타났다가 사라졌다. 지대가 높아 강이 시원하게 보이는 놀이터는 전망대 역할도 겸하고 있었다. 남자는 난간이 있는 쪽으로 걸어갔다. 아직 아이들이 학교에서 돌아오지 않아 놀이터는 조용했다. 유모차를 끌고 나온 할아버지 한 명이 벤치에 앉아 쉬고 있었다.

난간이 있는 쪽에서 운동복 차림에 슬리퍼를 신고 담배를 피우는 중년 남성들의 모습이 유령처럼 떠올랐다. 그 아래 바닥을 살펴보니 담배꽁초가 많이 떨어져 있었다. 아파트에 사는 흡연자들이 밤에 내려와 담배를 피우는 장소인 모양이었다. 남자는 담배를 피우는 유령들로부터 눈을 돌려 강을 바라보았다. 서강대교가 흐릿해지더니 강폭이 훨씬 넓어졌다. 물은 좀더 더러워졌고 곳곳에 모래톱이 있었으며, 강 위에 떠다니는 물건도 많았다. 하지만 하늘은 훨씬 더 맑았다. 밤섬은 지금과 모양이 완전히 다른 바위섬이었는데, 오막 같은 집이 수십 채 있었다.

강물 위로 누런 돛을 단 목선들이 나타났고, 가라앉지 않고 떠 있는 게 신기해 뵈는 쪽배들도 보였다. 알몸이나 다름없는 남자들이 허리 아래를 물에 담그고 쪽배에서 물건을 내리고 있었다. 강변에는 사람들이 바글바글했고 바닥에 떨어진 생선을 먹으려는 갈매기들도 많았다. 지게를 진 사내들이 분주히 돌아다녔고 달구지를 끄는 소도 여러 마리였다. 남자는 수첩을 꺼내 그런 모습을 스케치했다. 적당한 단어가 떠오르지 않으면 직접 그림을 그리기도 했다.

크기가 크고, 돛 주변에 붉은 천을 단 화려한 목선이 눈길을 끌었다. 목선에는 붉은 옷을 입은 젊은 여인이 타고 있었다. 아름다운 얼굴이었지만 어딘지 천박해 보이기도 했고 무서워 보이기도 했다. 여인의 머리카락과 붉은 천이 바람에 휘날렸다. 여인은 강 너머를 바라보고 있었다. 목선 앞에서 무당이 굿을 했다.

목선이 기슭을 떠나 물이 깊은 곳으로 향하자 뱃고물 아래서 갑자기 사내들이 여러 명 나타나 배를 따라 헤엄을 쳤다. 왜 그러는지는 알 수 없었지만 남자는 일단 그 풍경을 수첩에 그렸다.

남자는 집에 돌아와 도서관에서 빌린 책들을 살펴보면서 겨우 자신이 본 이미지를 이해할 수 있게 되었다. 소동루는 숙종 때의 문신 박세채가 지은 집이었는데, 박세채가 죽은 다음에는 그 후손들이 살다가 세도가 김좌근에게 뺏겼다. 김좌근은 이 집을 애첩 나합에게 주었는데, 나합은 보시를 한다며 가끔 배를 몰고 나가 쌀가마니를 한강에 던졌다. 김좌근은 대원군에게 다시 소동루를 뺏겼는데, 대원군은 소동루에서 살지는 않고 가끔 들르기만 했다고 적혀 있었다.

정말 이상한 동네야. 남자는 생각했다. 골목 어디서는 까마득한 과거가 보였는데, 같은 장소에서 미래 쪽으로는 한 치 앞도 안 보였다. 시공간연속체가 휘어진 모양이 아주 특이했다. 동네 이름이 왜 현수동인지는 여전히 알 수가 없었다.

안녕하세요. 남자가 아주머니를 먼저 보고 다가와 인사했다. 아주머니가 다리를 끌며 천천히 힘겹게 오른 골목을 남자는 성큼성큼 걸었다. 오래 기다리셨어요?

아니. 지금 막 왔어. 아주머니가 마비된 몸을 세웠다. 가로등에 달린 CCTV에 자기 모습이 찍히도록. 용기를 내야 해. 아주머니는 속으로 생각했다.

전화를 하시지 그러셨어요.

그랬다가는 네가 안 올까봐. 아주머니는 속으로 생각했다. 남자는 이 집을 어떻게 찾았는지는 묻지 않았다.

홍대 근처에 산다더니, 홍대에서는 좀 멀구나.

그렇게 멀지는 않아요. 버스로 몇 정거장만 가면 돼요. 같은 마포구고.

삼십 분이 넘게 걸리던데. 홍대에서.

남자는 아주머니의 눈을 피했다.

내려가시겠어요? 남자가 반지하방을 가리키며 물었다. 아주머니는 고개를 끄덕였다. 남자는 계단을 내려가며 빈 우편함을 흘끔 보았다. 아주머니는 한 발 한 발 천천히 계단을 내려왔다. 남자가 몸을 부축해 주려 하자 아주머니는 움찔 떨며 남자의 손을 피했다.

이사를 너무 자주 하는구나.

집주인이 갑자기 집을 빼라고 하더라고요. 저더러 계약 위반이라면서. 문제없는 사람이라고 하지 않았느냐고 하더라고요. 어디서 소문을 들은 모양이에요.

어떤 집주인은 남자를 무서워하며 그저 급한 사정이 생겼다고만 말했고, 어떤 집주인은 남자 동생이나 조카를 데려왔다. 어떤 집주인은 당당하게, 살인 전과자가 머문다는 소문에 이웃들이 불안해하니 나가 달라고 말했다. 남자가 가장 오래 아주머니를 피해 살았던 기간은 일 년 반 정도였고, 소문에 시달리지 않았던 때도 그 기간뿐이었다.

집에는 의자가 하나뿐이라 아주머니가 거기에 앉았다. 책상 위에는 만화책 몇 권과 노트북이 있었다. 노트북에는 '중고 노트북은 전시몰'이라는 스티커가 붙어 있었다. 남자가 전기포트로 물을 끓여 믹스커피를 두 잔 탔다. 아주머니는 커피를 딱 한 모금만 마셨다. 맛이나 냄새를 잃은 지 오래였다.

이제는 기억이 나니? 아주머니가 물었다.

아직이요. 영영 기억이 나지 않을 수도 있대요. 남자는 아주머니의 눈을 피했다.

그렇구나.

범죄자 중에 상당수가 범행 당시를 기억하지 못한대요.

너는 범행 당시를 기억하지 못하는 건 아니잖니.

소년교도소에서 머리를 여러 번 맞았어요. 그래서……

갑자기 기억이 돌아오는 경우도 있다더라.

예.

아주머니가 가방에서 스크랩북을 하나 꺼냈다. 이런 칼럼이 하나 실렸더라구. 아주머니는 스크랩북에서 A4용지를 한 장 꺼내 남자에게 건넸다. 한번 읽어볼래? 중간에 내가 밑줄 친 곳.

지난 1998년 서울의 한 고등학교에서 있었던 동급생 살인사건은……

그걸 정당방위라고 할 수는 없지 않니? 아무리 그래도.

정당방위는 아니었어요. 제 잘못이었어요.

그러면 이 칼럼니스트한테 전화 한 통만 해줄래? 아주머니가 휴대폰을 내밀었다. 남자는 아주머니가 누른 번호로 전화가 걸리는 걸 지켜보았다.

아주머니, 이제 제가 전화 걸지 말라고 했죠. 전화 상대방이 말했다.

여보세요.

여보세요? 아, 죄송합니다. 제가 다른 사람으로 착각하고 그만.

남자는 논설위원에게 얼른 자기를 소개했다. 논설위원이 석 달 전에 쓴 칼럼 때문에 전화를 건 것이 맞는다고 말했다. 남자는 말하는 기계처럼 말했다. 제가 그 동급생 살인사건의 가해자인데요, 정당방위는 아니었습니다.

지금 전화 거신 분이 가해자인지 아닌지 제가 어떻게 압니까? 말문이 막혔던 논설위원이 간신히 입을 열었다.

대법원 사이트에서 피고인 이름에 제 이름을 치면 판결문을 열람하실 수 있습니다. 서울중앙지법, 사건번호는 1998노○○○번이고, 제 수감번호는 ○○○번입니다.

그게 다 거짓말인지 아닌지 제가 어떻게 아느냐고요. 논설위원이 고집을 부렸다. 기사에 불만이 있으면 그 불만을 정식으로 제기할 수 있는 창구가 있어요. 이렇게 계속 전화를 걸어대시면 어떻게 합니까.

이거 엄연히 업무방해예요. 정히 억울하시면 언론중재위에 제소를 하십시오. 거기 중재위원들이 이 칼럼이 잘못이라고, 사과할 일이라고 하면 제가 정식으로 사과를 드리겠습니다. 여기 정당방위라는 표현이 그런 의미가 아니잖아요. 비유잖아요. 그걸 이렇게 물고 늘어지시는 게 상식에 맞는 일입니까. 그만 끊겠습니다.

고마워. 전화기를 돌려받은 아주머니가 말했다. 우리가 영훈이를 위해 할 수 있는 게 이런 일뿐이잖니.

야, 너 존나 또라이라며? 선생한테 존나 개겨서 너 때문에 애들 다 처맞은 적도 있다며?

……

와, 씨발. 학기초부터 말 씹냐?

……

씨발. 존나 뭘 야려. 눈 안 깔아?

……

흐, 미친 새…… 야, 쫄았냐? 씨발 쫄았네, 이 새끼. 야, 이 새끼 좀 봐. 존나 쫄았어. 병신 새끼.

……

하여튼, 씨발. 나대지 마라, 올해는. 잘못하다 뒤지는 수가 있다.

……

일벌
인형
책장

학습만화라는 거 자체가 되게 웃겨. 공부 잘하는 애한테는 엄마들이 이런 책 안 사줘요. 공부 못하는 애들을 위해서 만들어진 시장이야. 사 보는 애들도 이 책으로 공부한다는 생각은 안 해. 정작 애들도 이 만화를 진짜로 좋아하는 건 아니야. 엄마가 돈 주고 사주는 책 중에서는 그나마 재미있다고 생각하는 거야.

우리 회사 안에서도 이런 책들을 진지하게 생각하는 사람은 아무도 없어. 다른 책들은 워낙 안 팔리고 그나마 이건 돈이 되니까 하는 거지. 뭐랄까, 우리 팀 전체가 술집 나가서 돈 벌어오는 큰딸 같아. 단행본이나 잡지, 이런 게 고시 공부하는 아들이고. 젊은 편집자 중에 학습만화 하고 싶어하는 사람은 아무도 없어.

학습만화를 오래 하다보니 이제 다른 건 뭘 하고 싶은지도 모르겠어. 다들 나랑 비슷해. 승진 무서워하고. 승진을 하면 기획을 해야 하니까. 뭘 기획해도 다 망하고 그걸 또 기획자가 책임을 져야 하는데 누가 기획을 하겠어. 이렇게 계속 실무 편집자로 늙었으면 좋겠다 하는 거지. 잡지랑은 워낙 다르니까 그쪽은 아예 갈 수도 없어. 아직 좀 연차 어린 애들은 성인 단행본 쪽으로 가고 싶어하는데, 건너가기는 힘들어. 쓰는 용어도 다르고, 분위기도 많이 달라. 애들 말투로 된 짧은 문장 작업하다가 긴 텍스트 보면 눈에 안 들어와. 성인 단행본 쪽에서 학습만화 경력은 처주지도 않아. 학벌이나 좋으면 모를까.

괜찮아. 아직 안 취했어. 맥주가 뭐라고. 지금까지 마신 거 소주로 치면 뭐 한 병 반이나 되나? 그리고 난 간이 튼튼해. 몸의 다른 데는 안 좋아도 간은 좋은 거 같아.

아무튼 그러다보니 무기력증에 시달려. 그런 생각을 가끔 해. 도대체 나는 왜 태어났을까. 내가 호치키스 같은 거라도 하나 발명하면 세상에 태어난 의미가 있을 것 같은데, 난 그런 것도 발명하지 못하잖아. 그냥 학습만화 말풍선의 위치를 잡고 오자를 교정하는 사람이잖아. 인류까지는 바라지도 않아. 내가 있어서 조금이라도 삶이 나아진 사람이 있을까. 난 그냥 일벌 한 마리인 거야. 여왕벌을 위해 나무를 돌아다니며 열심히 꿀을 따지. 나 같은 게 천 마리, 만 마리, 십만 마리가 더 있어. 다른 일벌한테, 아니면 여왕벌한테, 내가 무슨 의미일까. 아니, 내가 하는 일이 일벌이 따오는 꿀 한두 방울의 가치라도 있는 걸까?

그래, 내가 자존감이 부족한 거지. 나도 알아. 남들은 이런 상황에서도 열심히 살아. 그런데 나는 그러질 못해. 자존감이 부족하니까. 하지만 넌 알잖아. 우리 아빠 어떤 사람인지 내가 얘기해줬잖아. 나정말 많이 힘들었어. 정말 우리 가족은 나한테 단 한 번도 따뜻한 말한 번, 도움이 되는 말 한 번 해준 적이 없어. 나는 가족들하고 있을때 제일 냉대 받는 기분을 느낀다고.

난 크면 빨리 독립해서, 이 집을 한시라도 빨리 떠나야겠다고 생각했어. 그런데 정작 언니만 일찍 결혼하면서 집안 기둥뿌리 다 뽑아가고, 아빠는 암 걸려서 모아놓은 재산 다 쓰고 죽고, 엄마랑 나랑 둘이서 살고 있네. 그리고 같이 살고 있다는 그 엄마가, 아, 내가 차라리 고양이를 키워도 그 고양이가 엄마보다 나를 더 사랑해줄 것 같아.

난 정말 빨리 남자 만나서 동거하고 결혼하고 살림 차리고 싶었어. 그런데 처음 사귄 남자애가 여자 때리는 새끼였어. 난 그때 정말 너무 놀라서, 정말 남자들은 다 여자 때리는 줄 알았어. 술 꽐라 돼가지고 길에서 둘이서 뭐라고 말다툼을 했는데 얘가 갑자기 발차기를 하는 거야. 무슨 태권도처럼. 발이 내 목에 맞았어. 내가 뺨을 맞았다든가 배를 맞았다든가 했으면 막 바락바락 대들고 그 새끼 얼굴을 막 할퀴고 그랬을 거야. 그런데 처음에는 뭐가 어떻게 된 건지도 몰랐어. 얘가 주먹으로 날 때린 건 아닌데, 픽, 하더니, 사람이 목을 맞으니까 잠깐 숨을 쉴 수가 없더라. 그래서 멍하니 그냥 그렇게 서 있었어.

요즘도 동창 애들 중에 누가 자기 남편이랑 싸웠다, 사이 안 좋다는 이야기를 들으면 귀가 쫑긋해져서 들어. 결혼생활 위태롭다는 애들 어떻게 지내는지 넌지시 물어보기도 해. 그런 소식에 막 목말라하고 있어. 남편이 부인 때리는 이야기가 듣고 싶은 거야. 그것도 내가 아는 커플의 남편이. 그게 아주 흔한 이야기이기를 바라는 거야. 그런 얘기를 못 들으면 애들이 부끄러워서 제대로 말을 못한다고 속으로 자위를 해. 주부들이 많이 모이는 인터넷 커뮤니티나 카페를 기웃거리기도 해.

나 정말 추잡하지?

꿀벌바안, 짝꿍 손잡으세요. 남자친구드을, 여기서 두 줄 기차 하세요. 유치원 교사들이 울먹이는 건지 악을 쓰는 건지 모를 말투로 외쳤다.

타이밍 완전히 잘못 잡았네. 여자가 어이없는 표정으로 말했다. 무슨 늪에 빠진 것 같아. 아이들의 늪.

분홍색 원아복을 입은 아이들이 밀랍인형 전시관을 가득 메우고 있었다. 누가 우리나라 인구가 줄어든다는 거야. 여자가 다시 불평했다. 남자는 체 게바라 인형이 악수를 하려 내민 손에 손목이 꺾여 비명을 지르는 시늉을 하며 여자를 웃기려 했으나 잘 되지 않았다. 아이들 때문에 만원 지하철 같은 형국이 되어 발을 딛고 서 있을 자리조차 제대로 확보할 수 없었다. 엄청나게 큰 유치원이었다. 원아가 몇백 명은 되는 것 같았다. 사진사와 유치원 교사들이 홀 중앙을 차지하고 서로 ○○이 사진 찍었어요? 아니, ○○이까지 찍었어요, 같은 대화를 나누고 있었다.

아이들이 인형은 안 보고 나를 보고 있어. 남자가 말했다. 나를 막 만지려고 해.

인형보다 네가 더 신기한가보지. 데이트가 시작부터 꼬여 기분이 상한 여자가 대꾸했다.

우주 알을 알아보는 것 같아. 남자가 대답했다.

그래, 맞아. 우주 알. 너 그거 있으면서도 여기는 이렇게 혼잡할 줄 몰랐어? 아니면 알면서도 이리 온 거야? 여자가 따졌다.

음, 그게, 여기는 원래 이래. 애들 없을 때가 없어.

말은 잘하네. 여자가 콧방귀를 뀌었다.

너는 여기서 무언가를 떠올리게 될 거야. 남자는 생각했다. 그리고 우리는 잠시 뒤에 누구를 만나게 될 거야.

안 되겠어. 일정 변경이다. 수족관은 나중에 보고, 영화 먼저 봐야 겠어. 여자는 '공포의 대저택' 코너 벤치에 앉아서 쉬다가 말했다. 영화관 먼저 가자.

나는 좀비다. 남자가 사진을 찍으라고 만들어놓은 관 안에서 눈을 감은 채 말했다.

빨리 안 나오면 진짜 좀비로 만들어버린다. 그리고 좀비가 왜 관에 들어가 있나?

여자는 영화관에서 나온 다음에도 기분이 나아지지 않은 척했다. 아이맥스로 보니까 눈 아프고 속 울렁거려. 여자가 투덜거렸다. 그리고 왜 이렇게 영화가 길어? 중간에 너무 지치더라. 말을 하면서 여자는 생각했다. 내가 왜 이렇게 투정을 부리지? 어린애처럼. 실제로는 기분이 좋았다. 영화는 마음에 들지 않았지만, 기분은 좋았다. 아마 이렇게 투정을 부린 적이 너무 없어서일 거야. 사는 동안 그런 적이 거의 없었어.

길긴 길더라. 남자가 맞장구쳤다.

그리고 따져보면 영화가 말이 안 되는 게 너무 많아. 여자가 말했다. 보는데 막 어쩔 수 없이 편집자 본능이 살아나. 왜 그 행성들에 그렇게 사람을 보내야 돼? 로봇들 보니까 말도 잘하고 달리기도 잘하고 뭐든지 사람보다 낫더만. 수정란은 어차피 많잖아. 그냥 좀 가망 있어 보인다 싶은 행성에 수정란이랑 로봇이랑 잔뜩 보내면 되지 않아? 웜홀에도 로봇 집어넣어서 실험하면 되잖아. 그리고, 모래바람이 그렇게 불게 됐는데 사람들이 그런 숭숭 뚫린 집에서 살 거 같냐. 황사만 조금 불어도 생활 패턴이 얼마나 달라지는데. 말 안 되는 거투성이야.

그러게.

너는, 뭐 이상한 거 없었어? 시공간연속체를 보는 존재로서. 물리학 이론이랑 안 맞는다든가 우주 묘사가 잘못됐다든가 그런 거. 영화의 고증 오류를 더 떠올리지 못한 여자가 물었다.

글쎄, 난 그냥 사람들 반응이 신기했어.

사람들?

관객들. 관객들도 그렇고, 극중 인물들도 그렇고.

어떤 점이?

마지막에 아버지랑 딸이 꼭 만나야 하는 거야?

만나야지. 그렇게 오래 기다렸는데. 이런 영화가 해피엔딩이 아니면 좀 곤란하잖아.

하지만 생각해봐. 그 아버지와 딸은 서로 못 본 채로 수십 년을 떨어져 살았어. 그러다가 마지막에 만나는 건 겨우 십 분 정도야. 그 십 분으로 인생이 해피엔딩이 되고 안 되고가 결정되는 거야?

그런가?

저 딸이 만약에 아버지가 오기 한 시간쯤 전에 죽었다면 말이야, 그러면 저 아버지와 딸은 엄청나게 불행하고 의미 없는 삶을 산 셈이 되는 건가? 운이 좋아서 딸이 죽기 전에 딱 십 분을 만나서 이런저런 이야기를 나누면 그 수십 년의 인생에 갑자기 의미가 생기는 거고?

어…… 꼭 그런 건 아니더라도 되게 안타깝잖아. 누구를 그렇게 기다렸는데 만나지도 못하면.

우주 알이 몸에 들어오면 이런 점이 참 안 좋아. 왜냐하면 어떤 만남이 어떻게 끝이 날지 뻔히 보이거든. 그런데 어떤 관계의 의미가 그 끝에 달려 있는 거라면, 안 좋게 끝날 관계는 아예 시작도 하지 말아야 하는 걸까? 그 끝에 이르기까지 아무리 과정이 아름답고 행복하다 하더라도?

우리가 안 좋게 끝나? 여자가 물었다.

너는 어떤 게 좋아? A, 약간 짧지만 완벽하게 기승전결이 되고 아련한 마음으로 헤어지는 인연. B, A하고 똑같은 기간을 보낸 다음에 조금 더 시간이 추가되는데 끝날 때 굉장히 안 좋게 끝나는 관계.

시간이 얼마나 추가되는데?

글쎄. 하루 정도라면?

그렇다면 A지. 하루 차이가 뭐 중요한가. 다 끝나더라도 아름다운 추억으로 남는 게 중요하지. 그런데. 여자가 남자의 팔을 잡았다.

웅?

저기서 어떤 아주머니가 우리를 보고 있어. 아까부터 계속 흘끔흘끔 우리를 보고 있어. 아는 사람이야?

남자는 아주머니를 알았지만 주변을 둘러보는 척했다. 어디?

아. 이제 사라졌어. 아까까지 저기 있었는데.

됐어. 들어와. 여자아이가 동아리실에서 고개를 내밀고 말했다. 아무도 없어. 문 위에는 '교지편집부'라는 명패가 걸려 있었다. 이힝, 추워죽겠어. 남자아이가 동아리실로 들어오며 속삭였다.

웃겨.

뭐가? 남자아이가 물었다.

너 보면 되게 이힝, 이라는 소리를 자주 내. 약간 영감님들이 에헴, 하는 거 비슷하게.

그런 소리 안 내는데. 남자아이가 손을 비비며 말했다. 그런 소리 안 내.

괜찮아. 귀여워. 여자아이가 전기온풍기를 테이블 앞으로 끌고 왔다. 남자아이는 이힝, 하는 소리를 내지 않으려 애쓰며 여자아이를 도왔다. 남자아이와 여자아이는 온풍기에서 나오는 붉은빛에 코와 귀를 녹였다. 그러다 자기들의 얼굴이 너무 가까워진 것을 깨닫고 머쓱해졌다. 추위로 빨개진 여자아이의 뺨과 입술을 보자 남자아이는 왠지

부끄러워졌다.

생각보다 작다. 지난 호 교지가 꽂힌 책장으로 눈을 돌린 남자아이가 말했다.

뭐가?

동아리실이.

이 정도면 충분하지. 편집부원 수도 일, 이학년 다 합쳐봤자 얼마 되지도 않는데. 삼학년은 거의 안 와. 선생님도 가끔만 오시고. 여자아이가 말했다.

나는 네가, 교지편집부는 반 청소 안 하는 대신 동아리실 청소한다고 해서 동아리실이 엄청 큰 줄 알았네.

대신에 반 청소는 여러 명이서 나눠서 하잖아.

그래도 이 정도면 완전 특혜다. 방송반만 해도 매일 방송하는데, 너희들은 그런 거 없잖아.

우리도 탐방 취재 나가고 선생님들 인터뷰하고 하는 일 많아.

저건 또 뭐야? 원고청탁철, 원고보관철, 교정원고철? 요즘은 저런 거 다 컴퓨터로 하는 거 아냐? 저 철에 뭐 들어 있기는 하나? 청소한다는 게 저런 거 맨날 닦는 거야?

아! 진짜, 너 왜 그래! 나 지금 선생님 올까봐 기분이 얼마나 불안한데. 진짜 도서관에서 덜덜 떠는 애 애써 데리고 왔더니 고맙다는 말은 못해줄망정…… 여자아이는 고개를 숙였다.

어…… 미안해.

여자아이는 고개를 숙이고 조금씩 어깨를 들썩였다.

어…… 야, 미안해. 고마워. 야, 너 울어? 내가 잘못했어.

뭘 잘못했는데.

내가 도서관에서 덜덜 떨고 있는데, 네가 선생님한테 들킬 각오를 하고 나를 여기까지 데리고 와줬는데, 내가 고맙다는 말은 안 하고 계속 툴툴거리고 너 기분 상하게 해서.

왜 그랬는데?

어…… 할말이 없어서. 미안해. 나 여자애랑 이렇게 이런 데서 둘이 있는 거 처음이거든.

또 그럴 거야?

안 그럴게.

진짜?

약속해.

알았어. 여자아이는 고개를 들었다.

뭐야! 안 울었잖아!

누가 울었대?

와, 소름. 연기력 진짜 갑이다. 나 완전 쫄았었는데.

이번 교지 원고들 읽어볼래? 여자아이가 웃으며 말했다. 네 소설 대신에 실리는 소설이랑, 내가 쓴 원고랑. 여자아이는 커다란 집게로 집힌 교정지 한 뭉치를 내밀었다.

이런 것도 있었어? 영어 에세이? 이건 전부 영어로 쓴 거야? 원고 뭉치를 훑어보던 남자아이가 말했다.

그럼 전부 영어로 쓰지, 영어 에세이인데 한국어랑 영어랑 섞어 쓰냐? 넌 지난 교지는 하나도 안 읽었구나?

헐……

학원 선생님이나 과외 선생님이나 누가 봐줬겠지, 뭐. 그러지 말고 소설이랑 내 기사부터 읽어봐.

소설이 두 편이야?

어. 문예창작반 소설도 기본적으로 한 편 들어가. 그리고 이번에는 소설이 한 편 더 있는 거고.

다음 호도 그런 건가?

아냐. 이번에는 삼학년들 대학합격 수기가 여러 개 실려서 그래. 그리고 그 이학년 언니 소설은 경시대회 수상작이라서 교감선생님이 꼭 실으라고 한 거고. 다음 호에는 네 소설도 실릴 수 있을 거야.

남자아이는 고개를 숙이고 원고를 읽었다. 여자아이는 남자아이가 교정지를 읽는 모습을 훔쳐보았다. 남자아이의 턱선이 예뻤다. 남자아이는 아저씨 같지 않아 좋았다. 남자아이가 글에 푹 빠진 것처럼 보여서 여자아이는 조금 걱정이 되었다. 저 소설이 혹시 나만 지루했던 건가? 그러다 남자아이가 갑자기 고개를 들고 자기를 쳐다보는 바람에 여자아이는 화들짝 놀랐다.

이게 ○○대학 총장배 콘테스트야? 남자아이가 물었다.

응.

그럼 이거 쓴 누나는 그 학교에 바로 입학할 수 있는 건가?

그런 것까지는 아니고, 만약 그 대학에 가게 되면 입학금이 면제래.

남자아이는 아아, 하더니 다시 고개를 숙이고 소설을 읽었다. 잠시 뒤에는 후루룩 몇 페이지를 넘기더니 다른 기사들을 읽었다. 여자아이는 남자아이를 지켜보는 게 좋아서 그냥 앉아 있었다. 몸이 서서히 녹았다. 아, 참. 내가 차 끓여줄게. 여자아이가 자리에서 일어났다. 뭐 마실래? 커피? 녹차? 남자아이는 자기가 마실 차는 자기가 끓이겠다며 벌떡 일어났다. 넌 그냥 그거나 읽어. 여자아이가 남자아이를 앉혔다. 남자아이는 앉으면서 자기도 모르게 이힝, 하는 소리를 냈다. 여자아이는 커피를 두 잔 끓여왔다. 남자아이는 어쩔 줄 모르는 얼굴로 종이컵을 받았다. 컵을 건넬 때 손가락 끝이 살짝 닿았다.

다 읽었어. 남자아이가 말했다.

어땠어?

네가 쓴 수련회 후기가 제일 재미있었어. 후기 같지 않고 소설 같았어. 애들 대사도 생동감 있고. 갈 때랑 올 때 버스 분위기가 확 달라서 재미있었어. 그리고 버스 분위기만으로도 수련회가 어땠는지 짐작할 수 있었어. 수련회 내용은 일부러 뺀 거지?

남자아이가 그런 의도를 알아줘서 여자아이는 기분이 좋았다. 지도교사는 수련회 후기에는 수련회 내용이 들어가야 한다며 여러 번 글을 고치게 했다. 여자아이는 끝까지 타협하지 않았다.

다른 건 어땠어?

음…… 그리고 대학합격 수기 중에 제일 마지막 게 재미있었어. 중위권 대학 포기하지 말자, 하는 거. 글쓴 형이 되게 솔직하고 용감하다고 생각했어.

여자아이는 얼굴이 터질 것 같은 미소를 지으며 고개를 끄덕였다.

남자아이의 생각이 자신과 너무 똑같아서 신기했다.

소설은?

어…… 그건…… 넌 어땠는데?

난 뭐, 그냥 그렇더라.

나도…… 좀 별로던데.

그지? 그지? 여자아이가 손가락으로 총을 쏘듯 남자아이를 가리켰다.

허세 쩔더라.

여자아이가 웃음을 터뜨렸다.

무슨 소설가 흉내내는 거 같아. 안심한 남자아이가 말을 이었다. 그냥 누가 뭐라고 말했다, 어디로 걸어갔다, 이렇게 쓰면 안 되나. 왜 계속 말한다, 걸어간다, 이렇게 현재형으로 쓰는 거야? 그리고 호올로 걸어가긴 뭘 호올로 걸어가. 그냥 걸어가면 되지. 걸어간다 다음에 걸어가야만 한다, 걸어갈 것이다, 그런 말들도 왜 넣는 건지 모르겠어. 좀 너무, 오그라들어.

여자아이는 웃느라 숨이 넘어갈 지경이 되었다. 남자아이는 여자아이를 웃게 했다는 사실에 뿌듯해져서 만족한 미소를 지었다. 그다음에 남자아이가 한 말 때문에 여자아이는 웃음을 멈추었다.

그냥 이거 쓴 누나가, 부모님한테 되게 사랑받는 사람인 거 같아. 사랑 없는 집이라는 게 어떤 건지 모르는 거 같아.

여자아이는 남자아이가 무슨 말을 하는지 바로 알았다.

그리고 알코올중독자는 이렇게 이십사 시간 사나운 상태로 있지 않

아. 술 깨 있을 때는 온순해. 남자아이가 말했다.

그때 복도에서 발소리가 들렸다. 어른의 발소리였다.

두 아이는 얼굴이 파랗게 질려서 동아리실 안을 두리번거렸다. 남자아이는 구석에 있는 철제 캐비닛 안으로 들어갔다. 괜찮겠어? 캐비닛 문을 닫기 전에 여자아이가 작고 빠르게 물었다. 괜찮아. 남자아이가 대답했다.

캐비닛 문을 닫고 여자아이는 테이블 앞에 앉았다. 혼자 교정지를 보고 있었다는 변명이 어쩐지 이상하게 생각되어 가방에서 참고서와 공책을 꺼냈다. 선생님이 물어보면 자습실에서 공부하다 너무 추워서 동아리실로 왔다고 변명할 참이었다. 발걸음 소리가 점점 커졌고, 캐비닛 쪽을 쳐다보지 않으려 했지만 자꾸 눈길이 갔다. 한편으로는 첩보영화의 주인공이 된 듯한 스릴도 있었다. 발걸음 소리가 교지편집부 동아리실 문 앞에서 멈췄다. 여자아이는 그때 테이블에 놓인 종이컵 두 개를 보았다.

동아리실 문이 확 열렸다.

여자아이는 종이컵 두 개 중 자기 앞에 더 가까운 컵을 얼른 바닥으로 떨어뜨린 뒤 발로 차서 테이블 아래로 숨겼다.

여기서 공부하니? 숙직 교사가 물었다.

네. 여자아이가 뒤를 돌아보며 대답했다.

숙직 교사는 고개를 한 번 끄덕이고 눈으로 동아리실을 한 번 훑어보더니 문을 닫고 나갔다. 여자아이는 멀어지는 발걸음 소리에 귀를 기울이며 계속 공부하는 척했다. 글자들은 하나도 눈에 들어오지 않왔고 심장은 터질 것만 같았다.

발소리가 완전히 사라지고 난 뒤에도 한참 후에야 여자아이는 자리에서 일어났다. 몸에 어찌나 힘을 주고 있었던지 팔다리가 후들거렸다. 여자아이는 잘못 열면 안에 있는 남자아이가 다치기라도 할 것처럼 조심조심 캐비닛 문을 열었다. 남자아이는 빛에 놀란 듯 눈을 깜빡거렸다. 다른 세상에라도 다녀온 듯한 표정이었다.

여자아이가 손부채질을 하며 말했다. 와, 진짜 나……

그때 남자아이가 캐비닛 안에서 여자아이의 옷깃을 잡아당겼다. 여자아이의 몸이 앞으로 기울며 캐비닛 안에서 두 아이의 입술이 맞닿았다.

베이비로션 냄새. 겨드랑이 냄새. 비냄새. 젖은 나무와 이끼 냄새. 다크초콜릿 냄새. 강아지 발바닥 냄새. 그 밖의 온갖 강렬하고 유혹적인 냄새들.

양봉
손돌
수조

난 내 이름이 너무 특이해서 싫었어. 일단, 어렸을 때부터 이름을 불러주면 상대방이 그걸 제대로 받아적을 때가 없었어. 주로 '강'자를 '광'자로 알아들었지. 한강 할 때 강입니다, 라고 매번 알려줘야 했어. 전화할 때에는 특히. 그래서 좀더 평범한 이름, 누구나 들으면 이게 이름이구나 하고 아는 이름으로 바꾸고 싶은 마음이 어렸을 때부터 있었어.

너는 흔한 이름은 무성의한 이름이라고 했지? 그런데 특이한 이름이라고 성의가 있는 건 아냐. 개명 신청하는 이름 보면 진짜 이상한 것들 많잖아. 강간범, 변기통, 설사약 그런 이름들. 특이하지만 무성의한 거지. 그리고 아주 특이한 이름과 아주 무난한 이름 둘 중에 하나를 선택해야 한다면 무난한 이름 쪽이 나아. 어릴 때부터 자기 이름을 말했을 때 다른 사람들이 '응? 뭐라고? 이름 참 특이하네'라고 말하는 걸 듣다보면 자기도 모르게 마음이 위축되고 사람들 앞에 나서는 걸 꺼리게 돼. 어린아이의 자의식이라는 건 말랑말랑해서 남들이 조금이라도 이상한 눈으로 보게 되면 상처를 받거든. 어른이랑 달라.

그리고 특이한 이름은 안 좋은 게, 사람들이 너를 쉽게 추적할 수가 있어. 내가 어렸을 때 가끔 덕담한답시고 내 이름 듣고 나서는 이름 덕 많이 보겠다, 이름이 좋아서 큰 인물 되겠다, 하는 어른들이 있었어. 그때는 그게 무슨 말인지 몰랐지. 지금 생각해보니까 이런 뜻인 거 같아. 특이한 이름을 갖고 있으면 사람들이 너를 잘 기억해. 처음에는 알아듣기가 힘들지만, 한번 머리에 저장해두면 잘 까먹지 않아. 그러니 연예인이나 작가처럼 대중을 상대해야 하는 사람들한테는 좋지. 그런데 이게 양날의 검이야. 대중을 상대로 하지 않을 사람, 그냥 평범한 인생을 살고 싶은 사람이 특이한 이름을 쓰면 되게 피곤해. 특히 요즘은 뭘 해도 인터넷에 흔적이 남잖아. 싸이월드든 페이스북이든 지마켓 구매후기든 뭐든 간에. 누가 널 검색해서 바로 찾아올 수 있다고.

그래서 이름을 바꾼 거야? 여자가 물었다. 쫓겨다니는 것 같아서?

응. 남자가 대답했다. 가끔 내 옛날 이름으로 검색을 해봐. 전에는 몰랐는데 몇 년 전부터 내가 쓰던 옛날 이름을 쓰는 어떤 사람이 검색 결과에 나오더라고. 전에는 살면서 나랑 이름 같은 사람을 한 번도 본 적이 없었어. 이제는 동명이인도 아니지. 지금 내 이름은 그게 아니니까.

그 사람은 인터넷을 잘 안 하는 사람인가봐. 검색 결과가 딱 세 개야. 하나는 2010년인가, 2011년인가 무슨 전국으뜸농산물한마당이라는 대회에 대한 농어민신문 기사야. 그런 대회가 있는 거 알아? 성남에 있는 하나로클럽에서 열리는 대회야. 내 옛날 이름이랑 이름이 같은 사람은 처음에는 그냥 참가만 했어. 이게 기사가 되게 웃기는데, 출품자랑 출품농산물이 다 적혀 있어. 그 사람은 특별품목으로 꿀을 출품했어. 검색 결과 또하나는 그다음 해 같은 대회 기사야. 이번에도 똑같이 꿀을 출품했는데 농산물품질관리원장상인가를 받아.

그 사람 페이스북도 있어. 그게 세번째 검색 결과지. 2013년에 가입해서 몇 달 운영하고 말았더라고. 프로필 사진은 벌집에 꿀벌들 사진이고, 전북 임실군 출신이라는 설명만 있더라. 사진을 몇 장 올렸는데 다 산이나 길에서 찍은 사진들이야. 산 아래 놓인 벌통들 사진이 몇 장, 그리고 밤에 텐트에서 찍은 사진 몇 장. 이동 양봉을 하는 사람인가봐.

이동 양봉?

트럭에 벌통을 싣고 꽃을 따라다니는 거야. 봄부터 남쪽에서 북쪽으로. 아카시아나 유채, 싸리 이런 나무나 풀들이 야산에 자연 군락을 이루고 있거든. 그 아래 벌통을 놓고 텐트를 치고 자고, 꽃이 지면 더 북쪽으로 옮겨가는 거야. 그러면 벌들이 그 꽃에서 꿀을 따다가 벌통에 모아놓지. 그렇게 전국을 돌면서 꿀을 채집해.

신기하다.

되게 힘들대. 길에서 의식주를 다 해결해야 하니까. 한밤중에도 이동해야 하고 잘 씻지도 못하고 외롭고 그렇겠지. 날씨도 중요하고, 꽃에 있는 꿀도 그때그때 질이 다르고, 애써 꽃밭을 찾았는데 다른 양봉꾼이 먼저 벌통을 갖다놓으면 피해줘야 되고, 그런가봐.

공부 많이 했나보네.

벌통이 수십 개인 양봉꾼 밑에서 일을 배운대. 그렇게 한 이 년 정도 일을 배운 다음에 퇴직금 조로 벌통을 다섯 개 정도 받아간대.

너도 그런 일을 하고 싶었어? 여자가 남자의 손을 잡았다.

너는 너랑 이름이 같았던, 그 중동 항공사에 다니는 동창 이야기를 들을 때 기분이 어땠어? 남자가 물었다.

부럽지. 부럽고, 나는 왜 그렇게 살지 못할까, 그런 생각이 들지.

난, 꼭 내가 두 사람이 된 것 같아. 또 한 사람의 내가 지금도 벌통을 실은 트럭을 몰고 있을 것만 같아. 아카시아니 유채니 싸리니 그런 꽃밭을 찾아서. 올해는 예년보다 날씨가 쌀쌀한데 그때 그 꽃밭에 꽃이 피었을까, 꽃에 꿀들은 실하게 들어찼을까, 벌들이 스트레스를 받지는 않았을까, 그런 걸 고민하면서. 아무도 이름을 묻지 않는 길 위에서.

근처 동네 이름은 이해하기 쉬웠다. 당나라 사람이 살았기 때문에 당인동, 우물이 있었으니까 합정동, 강 위쪽 마을이니까 상수동, 쌀창고 앞이니까 창전동, 강이 용 모양으로 생겼으니까 용강동, 토정 이지함이 살았으니까 토정로, 독 짓는 오두막이 많았으니까 독막로.

현수동은 그렇지 않았다. 현수동은 현석玄石동과 신수新水동이 합쳐져 생긴 동네였다. 신수의 '수'는 한강을 가리키는 말이 아니라 무쇠라는 의미였다. 남자는 현수동의 북쪽에 있었던 옛 골목에 농기구나 솥을 만드는 오두막이 늘어선 것을 보았다. 사람들은 그 지역을 무쇠막이라고 부르다가 나중에 수철리라는 한자 이름을 붙였고, 그 동네가 신수동과 구수동으로 갈라졌다.

현석동이라는 이름은 아주 복잡했다. 유래가 여러 개였다. 왜 이 동네 이름이 현석동인지를 궁금해한 사람들이 가짜 유래를 지어내기를 여러 번 반복했다. 가짜 이야기가 나중에는 진짜 기억이 되었다.

남자는 동네 골목들을 돌아다니며 현석동의 이름에 관한 전승을 검증했다. 먼저 박세채의 호 현석에서 왔다는 설이 사실이 아닌 걸로 판명되었다. 박세채가 소동루를 짓기 전에도 동네 이름은 현석동이었다. 오히려 이 학자가 동네 이름에서 자기 호를 따온 것 같았다.

다음으로 뱃사공 손돌의 전설에서 현석동이라는 이름이 나왔다는 전승이 있었다. 손돌이 선돌로, 그것이 다시 현석으로 바뀌어 동네 이름도 현석동이 되었다는 얘기였다. 이 전승은 마포구 소식지 편집위원이 참고한 일제시대 책에 나와 있었다.

전설에 따르면 손돌은 고려시대 뱃사공인데, 몽골이 침략했을 때 강화도로 피난 가려는 왕을 배에 태웠다. 그런데 손돌이 소용돌이가 치는 곳으로 배를 몰자 의심이 많은 왕은 사공이 자신을 죽이려는 것이라 오해해서 손돌을 처형했다. 손돌은 억울하게 죽으면서까지 왕에게 뱃길을 설명했고, 손돌이 죽은 뒤에 왕과 일행은 그 뱃길을 따라

무사히 목적지에 도착했다. 그러고 나서야 왕은 성급한 판단을 후회하며 손돌을 기렸다는 얘기다.

이 전설에는 다소 이상한 이야기가 덧붙여져 있었는데, 손돌은 오백 년 뒤에 다시 뱃사공으로 이 동네에 환생했다고 한다. 그리고 이번에는 청나라를 피해 남한산성으로 도망가는 인조를 배에 태웠다가 오백 년 전과 같은 운명을 맞았다는 것이다.

남자는 밤섬대림아파트 놀이터에서 한 시간이 넘게 한강을 바라다보며 과거로 거슬러올라갔다. 그러나 서강대교 근처에서는 왕이 탄 배도, 배를 집어삼킬 만한 소용돌이도 보이지 않았다. 한강에 대한 책들을 찾아보아도 왕이 한강을 건널 때에는 주로 노들나루나 동작나루를 이용했다고 나와 있었다. 남한산성을 갈 때에도 굳이 마포로 올 이유가 없다. 강화도로 갈 때에는 양화나루가 더 유리했다.

남자는 지명과 구비전승에 관한 책들을 읽다가 손돌 전설이 강화도에도 똑같은 내용으로 있다는 것을 알게 되었다. 강화도와 김포 사이 바다에는 손돌목이라는 지명도 있었고, 근처에 손돌 사당과 손돌 묘도 있었다. 그곳 사람들은 초겨울에 부는 바람을 손돌바람, 초겨울의 추위를 손돌추위라고 불렀다. 아마도 강화도의 손돌 전설이 이곳에서 '우리 마을 전설'로 탈바꿈한 것 같았다. 손돌이 고려시대에도 있었고 조선시대에도 있었다는 이상한 이야기도 그런 번안 때문이리라.

남은 전승은 이 근처에 검은 돌이 많아서 현석동이라는 이름이 붙었다는 것이었다. 이 전승의 문제는, 아무리 골목을 돌아다니며 과거를 살펴도 검은 돌이 잘 보이지 않는다는 점이었다. 그냥 평범하게 붉고 누런 흙과 자갈이 많은 땅이었다. 옛사람들도 그 설명을 납득할 수가 없어 동네 이름의 유래를 박세채나 손돌에게서 찾은 것이리라.

참 이상한 동네야. 남자는 생각했다.

수족관 안에는 진짜 얼음과 플라스틱으로 만든 가짜 얼음이 섞여 있었다. 민물 물범은 얼굴이 귀엽게 생겼지만 흰자위가 하나도 없이 눈이 온통 까맣기만 해 약간 으스스하기도 했다. 어디를 쳐다보는지, 무슨 생각을 하는 건지 알 수가 없었다. 녀석들은 수영을 하다가 머리를 등 속에 쑥 집어넣기도 했는데, 그럴 때면 주름 하나 잡히지 않고 목이 줄어들었다. 거대한 소시지 같네. 여자는 생각했다.

얘들은 민물에 사는 애들이라 바다에서는 본 적이 없어. 정신없이 물범을 보던 남자가 변명조로 말했다. 여자는 수족관 옆에 있는 설명을 읽었다. '바다에서 멀리 떨어진 바이칼 호수에 어떻게 이들이 온 것인지는 아직까지 수수께끼다.' 걔들이 뭐래? 여자가 물었다. 뭐라는지는 나도 모르지. 하지만 얘네들이 내는 패턴은 좋아 보여. 수족관이 너무 작아서 마음이 아프긴 하지만. 남자가 대답했다.

남자는 임금펭귄 앞에서도 한참 서 있었다. 펭귄들은 고개를 빳빳이 세운 채로 꼼짝 않고 서 있었기 때문에 상당수 관람객들이 그걸 모형으로 여겼다. 그러다가 가끔 펭귄이 고개를 움직이면 탄성을 내뱉었다. 얘들은 귀가 아주 밝아. 지하철 소리에 귀를 기울이고 있어. 남자가 말했다.

여자는 건성으로 수족관을 돌아다니다 희귀한 뱀장어들을 전시한 코너에서 발걸음을 멈췄다. 얼룩끈 같은 몸뚱이를 한 뱀장어 여러 마리가 해초처럼 꼬리를 바닥에 박고 물속에서 똑바로 선 채 서로 싸우고 있었다. 꼭 우주괴물 같네. 내가 이걸 어디에서 봤었더라? TV에서 봤었나? 그 옆의 다른 수조에는 길고 나풀거리는, 파란색과 노란색 리본 같은 뱀장어 두 마리가 물을 가득 채우고 있었다. 물속에 다른 액체를 풀어놓은 것 같아. 이 생각도 전에 똑같이 했었어. TV에서도 이런 순서로 이 물고기들이 나왔던가?

남자는 또다른 민물 수조에 정신이 팔려 있었다. 거기에는 세계 최대의 담수어이자 살아 있는 화석이라고 하는 거대한 물고기가 있었다. 피라루쿠라고 하는 그 물고기는 다른 물고기들과 움직이는 모양이 매우 달랐고, 그 모양도 특이했다. 헤엄을 친다기보다는 유령처럼 천천히 떠다니는 느낌이었다. 중력이나 물살의 영향을 전혀 받지 않는 것처럼 보였다. 그 물고기가 사는 곳이 그래서인지, 안 그래도 어두운 아쿠아리움의 조명은 그 수조 앞에서는 더 어둡게 처리되어 있었다. 사람보다 더 큰 물고기가 조명 아래를 지나자 비늘에 반사된 붉은빛이 부드럽게 반짝였다.

물고기 비늘이 반사한 붉은빛을 보고 여자는 깨달았다. 나 옛날에 여기 온 적이 있어. 여자는 그 생각을 입 밖으로 냈다. 엄마랑 같이.

둘이서? 남자가 물었다.

응.

언제?

모르겠어. 여덟 살이나 아홉 살 때쯤. 초등학교에 다닐 때였어.

아버지나 언니는 같이 안 오고 어머니랑 둘이서만 왔다고?

아빠가 집을 나갔을 때였어. 아빠가 인천에 살림을 차렸어. 택시회사에서 일하던 경리 아가씨랑 바람이 나서. 그 집에 찾아갔던 건 전에도 기억을 했었어. 그런데 돌아오는 길에 63빌딩에 들른 건 까맣게 잊고 있었어. 이상해. 우리집이 이 근처도 아닌데 왜 63빌딩에 왔을까.

아마존의 오래된 물고기가 이곳에서 부비트랩처럼 여자를 기다리다가 딸깍, 하고 여자의 기억을 켰다. 어쩌면 저 물고기가 옛날에 내가 봤던 바로 그 물고기일지도 몰라. 물고기에 대한 설명이 적힌 플라스틱 판에는 수명란에 '불명'이라고 적혀 있었다. 피라루쿠가 붉은 빛을 뿌리며 천천히 몸을 틀었다. 머리가 눌린 것처럼 위아래로 납작했다. 너 정말 이상하게 생겼구나. 그리고 여자는 다른 광경을 기억해냈다.

이 근처에 있는 한강 다리가 뭐지? 여자가 물었다.

바로 앞에 있는 건 원효대교고, 그 옆에 마포대교도 있어. 남자가 대답했다.

거기서 엄마랑 한참 서 있었던 게 생각나. 추웠어. 그러다가 63빌딩에 왔어. 여자가 말했다. 우리 엄마 그날 자살하려고 했던 걸까? 나랑 같이?

그냥 마음이 답답하니까 탁 트인 게 보고 싶어서 그랬을 수도 있지 않을까?

왜 언니는 안 데려가고 나만 데려갔을까?

피라루쿠가 수조 깊은 곳, 조명이 닿지 않는 곳으로 몸을 감췄다.

여자는 어두운 물을 들여다보다가 몸을 돌렸다. 맹그로브 레드 스내퍼와 별돔이 있는 대형수조 옆에 아주머니가 서 있는 게 보였다. 여자가 남자의 팔꿈치를 잡아끌었다. 저기 아주머니, 아까 그 아주머니야. 극장에서부터 우리를 쫓아오고 있어. 남자가 고개를 끄덕였다.

아는 분이야. 인사 좀 하고 올게.

안대
반찬
숙제

끝에 잘려서 다 안 나와요. 양쪽 끝에 계신 분들 조금만 더 가운데로 모여보세요. 청소년문학팀 직원이 말했다. 학습만화팀 직원들은 서로 껴안다시피 하며 자리를 좁혔다.

표정이 너무 밝다. 좀더 어둡게, 절실한 표정을 지어보세요. 막 우는 표정. 휴대폰을 든 청소년문학팀 직원이 말했다. 아예 누구 한 명이 무릎 꿇고 비는 포즈로 있을까? 여자의 동료가 말했다. 에이, 그건 좀 오버지. 또다른 동료가 말했다. 그냥 이렇게 찍어. 이따가 또 찍어야 되면 그때 그러자고. 팀장이 말했다. 이러다 나중에는 머리 박고 찍겠네. 여자가 생각했다.

하나, 둘, 셋, 찍습니다. 사진을 찍고 학습만화팀 직원들은 자리로 돌아가 앉았다. 여자는 청소년문학팀 직원으로부터 휴대전화기를 넘겨받아 웹하드에 접속했다.

왜, 무슨 일이야? 또 작가가 그림 안 넘겨? 청소년문학팀의 다른 직원이 화장실에 갔다가 돌아오면서 물었다. 작가님이 미쳤어. 완전 미친 작가야. 여자의 동료가 여자를 대신해 하소연했다. 저번에 사인회 건 때문에 삐져서, 일부러 그림을 안 주고 있어요. 또다른 동료가 말했다. 한 달에 몇 번씩, 이게 무슨 미친 짓거리야.

여자는 웹하드에 폴더를 만들고 조금 전에 찍은 사진을 올렸다. '작가님 저희 이렇게 기다리고 있어요'가 폴더의 제목이었다.

전화가 걸려왔다. 저 오늘 몇시까지 기다려야 할까요? 저녁에 업무 미팅 있는데. 죄송합니다, 디자이너님. 지금 작가님이 열심히 하고 계세요. 그 작가 좀, 어떻게, 얘기를 좀 하세요. 그냥 바꿔버리든지. 하루이틀도 아니고. 여기 ○○출력실인데요, 데이터 언제 와요? 죄송합니다, 실장님. 지금 작가님이 열심히 하고 계세요. 저희도 같이 기다리고 있어요. 저희는 조금 있다가 다른 회사 거 인쇄 들어가요, 그렇게 알고 계세요. 죄송합니다. 조금만 더 기다려주시면 안 될까요? 작가님이 금방 데이터 올리신다니까……

야, 그냥 말만 죄송합니다, 하면 되지 보이지도 않는데 뭘 그렇게 머리까지 조아리니. 선배가 파티션 건너편에서 농담을 건넸다. 전화통에 대고 하도 죄송합니다, 죄송합니다를 연발하다보니 가슴이 책상에 닿을 정도로 숙여져 있었다. 여자가 웃었을 때 전화기가 다시 울렸다. 가슴이 철렁 내려앉았지만 받고 보니 『시간여행자와 역사도둑』

다음 호가 언제 나오는지 묻는 전화였다. 『시간여행자와 역사도둑』은 매달 20일에 나옵니다, 라고 대답을 했더니 상대방이 책은 어디서 사면 되느냐고 물었다. 어디서 사느냐고요? 여자가 되물었다. 네, 그 책 어디서 사면 돼요? 가까운 서점에서 구입하시면 됩니다. 여자가 대답하자 상대방은 알았다는 대꾸도 하지 않고 전화를 끊었다.

○○씨, 나 잠깐만. 전화를 끊었더니 이사가 여자를 불렀다. 방으로 들어가자 이사가 한숨을 푹 쉬었다. ○○씨, 그 작가가 정말 단단히 삐진 모양이다. 네, 그런 거 같습니다. 그래서 말인데…… ○○씨가 사과문 하나 써줄 수 없을까? 나한테 보내면 내가 첨삭해서 작가한테 전달할게. 사과문이요? 뭐에 대한 사과문이요? 아니, 그, 왜, 지난번 사인회 건 있잖아. 그걸 왜 원래 하려던 장소에서 하지 못했느냐, 왜 사인회장에서 그 사달이 벌어졌느냐, 그런 부분에 대해서 이러저러한 이유가 있었는데 어쨌든 불편하게 해드려서 죄송하다, 그런 식으로 쓰면 돼.

시말서를 쓰라는 말씀이시죠? 여자가 물었다. 아냐, 아냐. 그건 ○○씨가 잘못한 일이 아닌데 시말서는 무슨. 시말서도 아니고 경위서도 아니야. 그냥 내가 작가한테 보여줄 게 필요해서 그래. 이사의 눈빛은 그 문서가 꼭 필요하다고 말하고 있었다. 그는 『시간여행자와 역사도둑』의 작가를 발굴한 당사자였고, 작가의 친구이기도 했다. 그런 이유가 아니더라도 『시간여행자와 역사도둑』의 작가는 학습만화 팀의 큰 돈줄이었다. 이사가 이 정도로 여자를 편들어주는 게 오히려 대단한 일이었다. 여자는 꾸벅 인사를 하고 이사실을 빠져나왔다.

사과문을 쓰는 데 삼십 분 정도 걸렸다. 최대한 감정을 배제하고 썼다. 사과문을 출력해서 이사실에 가지고 들어갔더니 이거 내가 조금 손볼게, 라고 이사가 말했다. 다시 꾸벅 고개를 숙이고 이사실을 빠져나왔다. 출력실과 인쇄소에서 다시 전화를 걸어왔다. 제작부에서도 전화가 걸려왔다. 퀵서비스를 안 하는 시간에 마감이 될 경우를 대비해야 하느냐는 질문이었다.

딸랑. 문자메시지가 왔다. 작가가 자신에게 연락을 하는 것은 드문 일이라 여자는 조금 놀랐다. 메시지는 두 문장이었다.

시말서 읽었습니다. 당신은 편집자의 자질이 부족하다고 생각됩니다.

잠시 뒤 웹하드에『시간여행자와 역사도둑』다음 호의 한 페이지가 올라왔다. 그날 올라와야 할 여덟 페이지 중 한 장이었다. 여자는 조마조마한 마음으로 그래픽 파일을 확인했다. 다행히 엉망인 작화는 아니었다. 그런데 역사도둑의 안대가 왼쪽 눈이 아닌 오른쪽 눈에 걸려 있었다.

여자는 휴대전화기를 만지작거리다 끝내 작가에게 메시지를 보내지 못했다. 대신 디자이너에게 전화를 걸었다. 디자이너님, 정말 죄송한데요. 역사도둑 안대 위치를 좀 바꿔주시면 안 될까요. 지금 작가님이 마감 때문에 너무 바빠서…… 대리님, 저도 이런 말씀 드리기 죄송한데요. 작가님이 잘못 그린 걸 왜 제가 수정하나요? 제가 포토샵 할 줄 알아서 몇 번 사정 봐드리니까 너무하시는 거 아니에요? 그 작가도 저도 똑같이 돈 받고 일하는 사람이에요. 그 작가가 자기 일

안 하면 그만큼 돈을 까시고요, 저한테 일을 추가로 시키시려면 그만큼 돈을 더 주세요. 대리님, 제가 정말 대리님 아끼고 좋아해서 말씀드리는 건데 일을 이런 식으로 하시면 안 돼요.

죄송합니다. 정말 죄송합니다. 여자는 머리를 조아리며 통화를 마쳤다. 전화기를 내려놓자 눈물이 터져나올 것 같았다. 그날 겪은 모든 수모와 달리, 이번에는 여자가 잘못한 일이었기 때문이다. 여자는 티슈를 들고 슬쩍 자리에서 일어났다. 화장실에는 다행히 빈칸이 있었다. 여자는 대변기 옆에서 왼손을 깨물며 소리죽여 울었다.

딸랑. 문자메시지가 왔다. 갑자기 생각이 나서. 남자였다. 이따가 같이 맥주 마시지 않을래? 합정에서.

오늘 나 늦어. 밤새울지도 몰라. 여자가 눈물을 줄줄 흘리며 휴대전화기 자판을 두드렸다.

안 그럴걸. 내가 미래를 보잖아. 너 하는 일 한 시간 안에 다 끝날 거야. 그것도 아주 잘, 깔끔하게. 남자가 답장을 보냈다.

야, 오늘 일 한 시간 안에 다 끝나면 내가 진짜 술도 사고 안주도 사고 다 산다. 여자는 눈물을 닦고 조금 웃었다.

정말이야. 틀림없다니까. 남자가 답장을 보내왔다.

아이는 숟가락을 입에 물고는 빼지 않았다. 고기를 집어먹을 때에는 얼른 숟가락을 입에서 뺐다가 대충 꿀떡 삼킨 다음에는 다시 숟가락을 입에 넣었다. 아이는 아래턱을 움직여 숟가락의 자루를 위아래로 까닥거렸다. 그러다 아악! 하고 소리를 질렀다. 있는 힘껏, 입을 찢

다시피 벌려서. 작은 몸통에서 어떻게 그렇게 큰 소리가 나는지 놀라울 정도였다. 아이가 처음 아악, 하고 소리를 질렀을 때 여자는 너무 놀라 가슴에 손을 대고 정신을 추슬렀다. 아이는 그걸 재미있어하는 것 같았다. 아이의 할머니인 여자의 엄마가 얘, 소리 좀 그만 질러라, 귀청 떨어지겠다, 라고 했다. 아이는 심술궂게 웃고는 다시 아악, 하고 소리를 질렀다. 아이의 어머니인 여자의 언니, 아이의 아버지인 여자의 형부는 무표정했다. 그들은 아이를 쳐다보지도 않았다. 육아에 지치면 저렇게 되는 걸까.

형부는 뚱한 얼굴로 앉아 있었다. 입을 열지도 않았고, 반찬을 나르는 장모와 처제의 눈치를 살피지도 않았으며, 고기를 자르는 아내를 거들지도 않았다. 그는 심지어 젓가락을 들어 고기를 뒤집는 일도 하지 않았다. 형부는 예쁘지 않은 고졸 여성이 결혼할 수 있는 최대치의 남자였다. 형부는 오로지 자기 입에 고기를 넣기 위해서만 젓가락을 들었는데 여자는 그 모습이 너무 얄미워 견딜 수가 없었다. 왜 엄마나 언니는 저런 형부의 모습에 아무 말도 하지 않는 걸까? 저런 모습을 보고도 전혀 화가 나지 않는 걸까? 그 무신경함 때문에 여자는 어렸을 때부터 몇 번씩 돌아버릴 것 같은 기분에 빠지곤 했다.

아악!

아이가 자기 귀에 대고 소리를 지르는 바람에 여자는 화들짝 놀랐다. 몇 초간 머리가 얼얼했다. 아이는 여자의 반응을 기다리며 웃고 있었다.

쟤 아무래도 ADHD 같아. 전문가한테 좀 보여야 하는 거 아냐? 여자가 말했다.

기껏 소고기 먹여놓으니까 동생이라는 게 한다는 말이. 언니가 젓가락을 소리나게 내려놓았다. 형부는 아무 말도 하지 않았다. 여자는 잘못했다는 의미로 눈을 내리깔았다. 이게 수입산 소고기인 모양이지. 여자가 속으로 한 생각은 이것이었다. 한우였으면 언니가 한우 먹여놓으니까, 라고 그 점을 강조했을 테니.

험악해진 분위기에 아이가 겁을 먹고 조용해졌다. 여자는 이제 아이가 ADHD가 아님을 알았다. 아이는 무덤덤한 부모의 관심을 끌고 싶었던 것이었다. 이제 와서는 말썽을 피우고 소리를 질러대는 것만이 제 엄마 아빠의 눈길을 받는 유일한 방법이었다. 여자는 조카의 행동을 잘 이해할 수 있었다. 자신 역시 한때는 엄마 아빠의 눈길을 얻기 위해 몸부림치던 아이였으므로. 언니와 형부가 자기 자식의 행동을 이해하지 못한다는 점이 기이했다. 관심을 보일수록 잘못된 방향으로 행동을 강화할 테니 저렇게 무심하게 있는 게 오히려 나은 태도일까. 그러나 언니나 형부는 그렇게 사려 깊은 사람들이 아니었다.

덕분에 입이 아주 호강했다. 고기가 참 맛있더라. 식사를 마칠 때 엄마가 몇 번이나 그 말을 되풀이했다. 우리 식구 먹을 거, 뭐 반찬 같은 거나 좀 싸줘. 언니가 대꾸했다. 엄마는 투명 플라스틱통에 밑반찬을 가득 담았다. 그 통은 형부가 들지 않고 언니가 들었다.

저건 무거울 텐데 송서방이 좀 거들어주지. 엄마가 현관에서 중얼거리듯이 말했다. 이이가 내일 야구를 해서. 언니가 말했다. 야구? 여자가 물었다. 제가 내일 공을 던져야 해서요. 형부가 입을 열었다. 사회인 야구요? 예. 은근히 자랑하는 눈치였다. 여자는 형부에게서 안 좋은 냄새가 날 것 같아 몇 걸음 떨어져서 걸었다. 팔을 보호해야 하는 형부가 운전석에 앉아 있는 동안 언니가 차 뒷좌석에 반찬통들을 실었다. 아이는 여자의 집을 떠나는 게 아쉽다는 표정을 지었다.

너희 언니 참 기특하다. 차가 멀어진 뒤에 엄마가 말했다. 동생 먹이겠다고 고기도 사오고. 그지? 엄마는 마치 그들이 고기라고는 몇 년 동안 먹어본 일이 없다는 듯이 말했다.

자기들 고기 먹고 싶은데 반찬값 아끼려고 온 거지. 설거지도 하기 귀찮고. 여자가 말했다. 난 고기 별로 안 먹잖아. 엄마는 한 점도 안 먹는 거 같더만. 형부가 제일 많이 먹더라. 모처럼 외출 않고 쉬려던 주말에 갑자기 들이닥친 언니 가족에 여자는 여전히 화가 나 있었다. 현관의 비밀번호를 바꿔야겠다고 생각했다. 그 가족이 다음에 이렇게 들이닥칠 때에는 최소한 초인종이라도 누르고 들어오도록.

넌 왜 그렇게 애가 삐딱하니? 엄마가 잔소리를 시작했다. 돈 들여서 좋은 대학 보내놓으면 뭐하냐. 매사에 이렇게 삐딱한데.

엄마 사랑을 못 받고 자라서 삐딱한가보지. 여자가 대꾸했다.

네가 엄마 사랑을 못 받긴 뭘 못 받아. 너한테 들어간 돈이 얼만데. 엄마가 말했다.

그 돈은 내가 다 갚지 않았을까? 엄마 생활비로. 이 집 집세도 내가 내, 엄마. 언니야말로 결혼할 때 혼수 해가고 나서 이 집에 천원짜리 한 장 보탠 적 있어?

먹을 거, 비싼 거 많이 들고 오잖아. 엄마가 말했다. 너보다 훨씬 낫다.

그거 자기들 집에 냄새 밸까봐 그러는 거라니까. 몇 번 말해. 마장동 축산시장 가면 식당에 저렇게 고기 사와서 자릿값 내고 먹는 사람 많아. 저 집은 자릿값도 안 내고 우리집 반찬은 아주 바리바리 싸가잖아. 뒷정리는 하나도 안 하고. 여자가 말했다.

야, 뒷정리하기 싫으면 저리 가. 꼴 보기 싫으니까. 엄마가 말했다. 언니가 너한테 뭐 죽을죄라도 졌니? 왜 그렇게 못 잡아먹어서 안달이야?

아니, 그러는 엄마는 왜 그렇게 언니만 편애해? 나는 엄마한테 뭐 죽을죄라도 졌어?

내가 좋아하는 걸 네가 안 하잖아. 내가 곁에만 가도 싫어하잖아.

엄마, 어렸을 때 엄마가 나 때리던 건 기억해? 아빠 월급 나오는 날이면 나 막 꼬집고 때리고 했잖아. 월급 나오는 날인데 아빠가 집에 안 들어오면.

내가 언제? 난 그런 적 없다. 하지만 엄마의 눈빛은 미세하게 떨렸다.

내가 너무 미웠던 거지. 아빠랑 얼굴이 닮아서. 내 얼굴 보면 아빠 생각나니까.

그런 적 없다니까. 얘가 왜 없는 얘기를 지어내?

아빠 딴살림 차렸을 때에도 언니는 안 데려가고 나만 데려갔잖아. 나랑 아빠 얼굴이랑 닮았으니까, 내 얼굴 보면 혹시 아빠 돌아올까봐.

철썩. 뺨이 화끈해졌다. 엄마도 불시에 올라간 손을 어디에 두어야 할지 몰라 벌벌 떨고 있었다.

이 아줌마가 또 사람 때리네. 그런 말을 뱉어놓고 여자는 다음에 뭘 어떻게 해야 할지 몰라 몸을 떨었다. 자신과 엄마가 하는 짓이 너무 닮아서 무섭다는 생각이 들었다. 엄마와 여자는 서로 눈을 마주치지 못한 채로 그 자리에 잠시 서 있었다. 저리 비켜. 여자가 엄마를 밀치고 방으로 들어갔다. 내가 죽어야지! 그래 내가 죽어야지! 방문이 닫히자 밖에서 엄마가 허리를 꺾어가며 소리를 쳤다.

여자는 옷을 갈아입고 몸에 섬유탈취제를 뿌린 다음 가방을 들고 도망치듯 집을 나섰다. 그때 남자에게서 전화가 걸려왔다. 지금 뭐해? 딱히 할 일 없으면 나랑 맥주나 마실래?

너 참 타이밍 기가 막히다. 여자가 겨우 웃으며 말했다.

이게 우연인 것 같지? 남자도 웃었다.

영업부에서 와서 사정사정하더라. 이번 한 번만 성질 죽이고 고개 팍 숙여줘. 팀장이 말했다. 영업부 얘기가, 어차피 그쪽도 대리 혼자서 하기로 한 걸 취소하고 그렇게 막 바꿀 수는 없대. 그냥 갑질하는 거니까 죽는 시늉 한번 해주면 되는 거래. 이게 사람 대 사람으로 누가 잘했고 누가 잘못했고 그런 걸 따지는 게 아니잖아. 일이 잘되게 만들면 되는 거지.

저 성질낸 적 없어요, 팀장님. 여자가 말했다. 그냥 회의록 정리한 걸 다시 보여준 것뿐이에요. 여자가 속으로 덧붙였다. 그랬더니 자기 혼자서 미쳐서 소리지르고 난리를 친 거라고요.

　나도 오늘 알았는데, 『시간여행자와 역사도둑』이 요즘 마트에서 팔리는 부수가, 서점에서 팔리는 부수 딱 두 배래. 팀장이 말했다. 서점에 비싼 자리에 배치되는 것보다는 마트에서 눈에 띄는 매대에 놔주는 게 훨씬 낫대. 조금 자존심은 상하지만 그래도 어떻게 해. 마트에서 팔리는 책이건 서점에서 팔리는 책이건 독자가 잘 읽어주기만 하면 그만이지, 안 그래?

　작가님한테는 말씀하셨어요, 팀장님? 여자가 물었다. 작가님은 사인회가 강남점에서 열리는 걸로 알고 계실 텐데.

　작가님한테 그렇게 설명했어? 팀장이 물었다.

　예. 여자가 대답했다.

　그건 ○○씨가 잘못했다. 아직 확정되지도 않은 걸 그렇게 말하다니. 팀장이 한숨을 쉬었다.

　확정된 거였어요. 회의록에도 보면 사인회는 마트 강남점에서 하는 거라고 나와요. 마트 사람들도 회의록 보고 문제없다고 했었고요. 여자가 항변했다. 그쪽에서 갑자기 산본점에서 하겠다고 말을 바꾼 거예요.

　그러니까. 팀장이 다시 한숨을 쉬었다. 그러니까, 라니 뭐가 그러니까란 말이야? 여자는 속으로 생각했다.

　팀장이 인근 유료주차장에서 차를 갖고 오는 동안 여자는 머리를 숙이고 보도블록을 바라보았다. 바닥에 전단지가 붙어 있었다. 심부름, 비밀보장. 사람 찾기, 부부문제, 채권채무. 무엇이든 도와드립니다. 사람 찾기에는 가출, 도피, 친구, 연인이라고, 부부문제에는 불륜, 이혼, 증거수집이라고, 채권채무에는 못 받은 돈, 뒷조사, 미행이라고 설명이 달려 있었다. 여자는 심부름센터 직원들을 고용해서 마트 대리를 납치하고 고문하는 상상을 했다.

팀장과 여자는 선물용 초콜릿을 먼저 산 뒤 마트 본사로 향했다. 이 정도 초콜릿이면 괜찮을까요? 여자가 물었다. 아무거나 사. 비싼 걸로. 팀장이 대답했다. 차 안에 있을 때 팀장에게 전화가 왔다.

아빠, 아빠가 큰딸을 사랑하는 이유 세 가지만 말해주세요. 스피커폰 때문에 대화가 여자에게도 생생하게 들렸다. 야, 아빠 운전중이야. 팀장이 당황해서 말했다. 아, 숙제란 말이에요. 아이는 거침이 없었다. 자기가 무슨 일을 해도 상대방이 자신을 사랑해줄 거라는 자신이 있는 사람의 목소리였다. 아, 빨리이. 어, 아빠는 예진이가 엄마 말을 잘 들어서 사랑하고, 예진이가 동생한테 잘해줘서 사랑하고, 어……어…… 그리고 아빠 딸이라서 사랑해. 흠, 알았습니다. 뚝.

어휴, 마트 대리 갑질보다 우리 큰딸 갑질이 더 무섭네. 팀장이 웃었다. 여자는 조수석에 앉아 생각했다. 자식을 낳고 키운다는 것, 그리고 그 자식을 폭력적으로 잃는다는 것에 대해.

의혹
케샤
필명

    제가 지금도 약을 하루에 한 움큼씩 먹어요. 그 일이 있은 뒤로 하루에 두 시간 이상 잠을 자본 적이 없어요. 십오 년 넘게 그랬어요. 아주머니가 말했다. 완전히 미친년이죠, 미친년.

    예. 여자가 말했다. 아주머니가 무섭다는 생각도 했고, 그렇다고 자신이 죄지은 사람처럼 고개를 숙이고 이야기를 들어야 할 이유가 없다는 생각도 했다.

    제가 보지는 않았는데, 〈괴물〉이라는 영화에 그런 대사가 나온다면서요. 새끼를 잃으면 부모 속이 썩어 문드러져서 그 냄새가 십 리 밖까지 진동한다, 고. 그 말이 딱 맞아요. 아주머니가 별안간 입을 크게 벌리는 바람에 여자는 깜짝 놀랐다. 제가 약을 많이 먹어서 막 여기

이빨이 다 흔들려요. 여기, 여기, 보이시죠? 성한 이가 없어요. 이빨을 열 개나 뽑았어요. 아주머니는 붉고 누런 입안을 들이대다시피 했고, 여자는 상상 속에서였지만 지독한 입냄새를 맡았다.

아가씨를 해코지하거나 두 분이 사귀는 걸 말리려고 이렇게 뵙자고 한 건 아니에요. 미친년 미친 소리 한다고 생각하실 수도 있겠지만, 조금만 참고 들어주세요. 제가 아가씨한테 드리고 싶은 말씀은, 모르겠어요. 그 청년이 자기 죄에 대해서 뭐라고 변명할지 모르겠지만, 그 일이 정당방위는 아니었다는 말씀을 드리려는 거예요. 우리 애가 그 청년을 막 죽일 듯이 위협하고 괴롭혀서 그 청년이 어쩔 수 없이 우리 애를 죽인 건 아니었다는 거예요. 이미 십오 년도 더 된 일이죠. 저도 압니다. 하지만 아가씨는 지금 살아 있잖아요. 그 청년도 살아 있고. 제 아들은 죽었어요. 살아 있다는 게 얼마나 큰 축복인가요. 살아 있는 사람이 죽은 사람을 위해 잠시 시간도 못 내주나요. 아주머니는 횡설수설하기 시작했다. 저는 두 분이 잘되길 바라요. 그렇잖아요. 두 분이 잘되지 않는다고 해서 우리 영훈이가 살아 돌아오는 건 아니잖아요. 하지만 아가씨가 진실은 알아주셨으면 해요.

여기, 이거 나중에 한번 읽어주세요. 아주머니가 가방에서 전단지를 한 장 꺼냈다. 우리 영훈이는 학교 폭력의 가해자가 아닙니다. 그런 문구가 전단지 위에 적혀 있었다. 십오 년 전에나 사용했을 폰트와 색감의 글자였다. 그 아래에는 '경찰의 편파 수사를 규탄합니다'라는 문장 다음 느낌표 다섯 개가 찍혀 있었다. 그 밑으로는 진실 하나, 진실 둘, 진실 셋 그런 번호들과 의혹 하나, 의혹 둘, 의혹 셋 그런 번호들이 있었다.

대구에서 집단 괴롭힘을 받던 아이가 자살한 사건 기억하시죠? 아이 부모가 학교 교사라서 더 화제가 됐던. 아주머니가 물었다. 여자는 정확히 기억이 나지 않았지만 네, 라고 대답했다. 그 사건이 우리 영훈이 일 터지기 보름 전에 발생했어요. 아주머니가 말했다. 그리고 우리 영훈이 사건이 터지기 일주일 전에는 어떤 일이 있었느냐 하면, 의정부에서 여중생이 학교 옥상에서 뛰어내려서 자살했어요. 이 아이는 유서를 썼는데 글을 참 잘 썼어요. 아이 부모들이 그 유서를 언론사에 보내고 가해 학생들이랑 학교 교사를 형사 고발했습니다. 무슨 일이 벌어졌는지 상상이 가시겠죠. 학교 폭력 문제가 온 언론의, 전 국민의 관심사가 된 거예요. 학교 폭력, 왕따, 일진, 그런 이야기가 아니면 기사가 안 되는 때였어요. 그리고 그때 우리 영훈이 사건이 터진 겁니다.

죽은 사람은 말을 못합니다. 아주머니의 목소리가 조금 높아지고 조금 갈라졌다. 경찰은 살인자의 말만 듣고 사건을 재구성했습니다. 학교 폭력, 왕따, 일진 이야기를 찾던 기자들이 사건에 달라붙었습니다. 거대 언론의 잘못된 보도 앞에, 우리 가족은 속수무책으로 짓밟혔습니다. 죽은 사람이 가해자가 되고 죽인 사람이 피해자가 되는, 기막힌 일이 일어났습니다. 우리 영훈이를 한 번 죽이는 것도 모자라, 두 번 죽이는 일이었습니다.

아주머니의 목소리가 위태로운 소프라노처럼 가늘고 높게 올라갔다. 아주머니는 얼굴을 일그러뜨리며 가슴을 쥐어뜯었다. 그러나 눈물은 흘리지 않았다. 여자는 자리에서 일어나 도망치고 싶어졌다.

아이 장례를 치르고 정신을 차리고 보니 우리 영훈이는 괴물이 되어 있고 나는 괴물을 키운 엄마가 되어 있더라고요. 제가 나중에 사건 판결문이랑 수사기록을 구해다가 몇십 번을 읽었어요. 한 글자 한 글자 정독했어요. 모든 것이 너무너무 잘못되어 있었어요. 제가 혼자서 발로 뛰어서 수십 가지 증거를 모았습니다. 그 증거들을 다 외우고 다녀요. 증거 십칠 번. 살인자는 저희 아들이 무서워서 눈도 못 마주쳤다고 합니다. 하지만 수사기록에는 살인자가 피해자와 오 분 이상 말싸움을 벌였고, 피해자가 내내 자기를 멸시하는 눈으로 쳐다봤다고 나옵니다. 그건 바로 두 사람이 서로 눈을 마주보았다는 뜻이죠. 증거 이십육 번. 살인자는 저희 아들이 담배를 사오라고 심부름을 여러 번 시켰다고 합니다. 하지만 저희 아들은 담배를 입에 댄 적이 없었어요. 제가 부검의한테까지 물어봐서 확인한 팩트예요. 제가 아들 방 구석구석을 뒤졌지만 담배도, 라이터도 찾을 수 없었어요. 죽었을 때 소지품에도 담배는 없었어요. 그냥 살인자가 둘러댄 말을 경찰이 그대로 받아적고 그걸 검찰이 검증도 하지 않고 공소장에 넣었던 거예요.

그래도 판결문은 언론 보도에 비하면 나았어요. 적어도 누가 죄인이고 누가 피해자인지는 명확했으니까요. 범인이 처음부터 사람을 죽일 목적으로 칼을 들고 왔다고도 적혀 있었어요. 언론 보도는 이보다 더 잘못될 수 없을 정도로 잘못돼 있었어요. 제가 그 언론사들에 일일이 다 반론 보도를 요청했습니다. 변호사를 찾아가 명예훼손 소송을 낼 방법을 묻기도 했었어요. 그랬더니 변호사가 하는 말이, 이 싸움은 여론전에서 졌다. 손톱만한 반론 보도문 받아내서 뭐할 것이냐, 사람들은 이미 다 당신 아들이 일진이라고 믿고 있지 않느냐…… 그래서 이 전단지를 만들었어요. 아주머니는 다시 말을 멈추고 가슴을 쥐어 뜯었다.

내가, 아직도 교복 입은 남자애들을 제대로 보질 못해요. TV에도 열여섯 살, 열일곱 살쯤 되는 남자애가 나오면 심장이 터질 것 같아서 얼른 채널을 돌려요. 그런 내가…… 우리 영훈이가 다니던 학교 앞에 가서 이 전단지를 돌렸어요. 그렇게 교문 앞에서 전단지를 나눠주다가 영훈이가 보이는 거 같아서 학생들을 따라가고 울고 실수도 많이 했어요. 나중에는 남자 교사들이 와서 저를 길바닥에 패대기치고, 전단지를 빼앗아가기도 했어요. 하지만 영훈이 친구들, 영훈이를 가르치던 선생님들, 그 사람들이 먼저 믿어줘야 하잖아요. 영훈이가 어떤 애였는지를 알아야 하잖아요.

아주머니. 여자가 입을 열었다. 저 그 학교 나왔어요. 그 사건이 있었을 때 저도 같은 학년이었어요. 저도 경찰 조사를 받았어요.

아주머니의 몸이 뻣뻣해졌다. 여자는 망설이다가 말을 이었다. 영훈이가 일진인 건 맞았어요. 저는 영훈이가 학교에서 담배 피우는 걸 본 적도 있어요.

아주머니는 한동안 아무 말도 하지 않았다. 다시 입을 열었을 때에는 어조가 많이 낮아져 있었다. 선생님도 있고, 경찰도 있고, 다른 사람에게 말을 하면 좋지 않았을까. 꼭 그렇게 칼을 들고 와서 애를 찔러야 했을까.

그 말을 하면서 아주머니는 다시 세상에 맞설 힘을 얻는 것 같았다. 아주머니는 멀쩡하고 침착한 상태로 돌아왔다. 사람을 한 번 죽인 사람은 이전과 완전히 달라져요. 나는 아가씨가 혹시라도 위험해지지 않을까 하는 생각에 이러는 거예요. 아주머니가 여자의 손을 잡았다.

미안해. 이 앞에서 헷갈려서 옆 건물로 들어갔어. 여기 구조가 좀 이상하더라. 여자가 말했다.

응. 옆 건물이랑 이층이 붙어 있지. 남자가 손을 흔들며 말했다. 가게는 어두웠고, 음악 소리도 적당했다. 모르는 노래였지만 그 순간 여자가 딱 듣고 싶었던 그런 종류의 음악이었다. 아이돌 그룹의 댄스 뮤직이나 반짝 유행인 90년대 가요들이 나오지 않아 다행이었다. 마음은 충분히 심란했다.

여기 고양이가 있어. 여자가 말했다. 이 가게에서 키우는 고양이야. 남자가 설명했다. 저기도 두 마리 더 있어. 저기 쟤가 영업부장, 쟤는 술상무, 얘는 접대 담당이래. 고양이가 막 테이블 위를 걸어다녀. 여자가 말했다. 혹시 고양이가 싫으면 나갈까? 남자가 물었다. 아니, 괜찮아. 얘네들은 되게 귀엽게 생겼어. 털이 어떻게 염색한 것처럼 이런 색이 될 수가 있지? 이걸 무슨 색이라고 해야 돼? 청회색? 엄맛! 애가 이리 왔어.

여자는 처음에는 무서워했지만 남자가 잡아끈 덕분에 비로드 같은 러시안블루의 등을 손으로 살살 쓰다듬게 되었다. 고양이가 고양이 같지가 않아. 개 같아. 왜 이렇게 얌전해. 여자의 얼굴이 천천히 풀렸다. 러시안블루는 고양이의 미래야. 남자가 말했다. 나한테는 고양이의 미래가 보이거든. 고양이의 미래가 어떤데? 다들 개처럼 되지. 종류도 굉장히 많아지고. 사람들이 그런 방향으로 품종개량을 하니까.

그 미래가 그렇게 정확하진 않더라. 여자가 웃었다. 오늘 한 시간 만에 일이 끝나진 않았어. 두 시간도 더 넘게 걸렸어. 그랬어? 내가 틀렸네. 남자가 웃었다.

음악이 바뀌었다. 이게 무슨 노래야? 갑자기 한국 노래가 나오네. 여자가 물었다. 무슨 가곡인가? 아니, 드라마 삽입곡이래. 남자가 드라마 이름을 말해주었지만 여자는 고개를 저었다. 처음 들어보는데. 완전히 망한 드라마야. 드라마 삽입곡이 왜 이리 쓸쓸해. 부른 사람이 할아버지야. 1970년대에 활동하던 가수인데 이번에 새 노래를 낸 거야. 남자가 가수 이름을 말해주었지만 여자는 이번에도 고개를 저었다. 가수가 지금 그러면 환갑이 넘은 건가. 그래서 가사가 이렇구나. 기분이 이상하다. 갑자기 수십 년이 지나가버리고, 내가 아주 나이를 먹어서 이 자리에 다시 와 있는 것만 같아. 여자가 바 테이블에 엎드렸다. 고양이가 여자를 따라 같이 엎드렸다. 몇십 년 뒤에 나는 바로 이 장소에서 이 노래를 들으면서 고양이를 쓰다듬는다. 여자는 갑자기 미래를 본 것 같은 기분이 들었다.

있잖아. 아까는 이 가게 앞에서만 길을 헷갈린 게 아니야. 회사에서 여기까지 걸어오는데 몇 번이나 골목을 잘못 들었어. 여자가 말했다. 작가가, 나 골탕 좀 먹어보라고 다 그린 그림 안 올리고 있었나봐. 너랑 문자 나누고 조금 있다가 나머지 그림들 한꺼번에 다 올리더라. 그

124

런데 피드백 해주고 필름 확인하고 그러느라 시간 좀 걸렸어. 내가 원래 출퇴근길에는 EBS 영어 프로그램을 듣거든. 그런데 오늘은 정신이 너무 산만해서 도저히 못 듣겠는 거야. 그래서 음악을 들었어. 그런데 휴대폰에 들어 있는 음악이 케샤니 파 이스트 무브먼트니 하는 것들이야. 그런 노래들을 들으니까 머리가 더 어지러운 거야. 그래서 길을 잃고 헤맸어.

네가 옆에 있어줘서 다행이야. 여자가 고양이 털을 쓰다듬으며 말했다. 오늘 같은 날 집에 들어갔으면 정말 미쳐버렸을 거야.

진짜 웃기는 게, 내가 이제 아빠 심정을 알 거 같아. 아빠가 왜 그렇게 엄마를 지긋지긋해했는지. 여자가 말했다. 집에 들어가면 엄마가 항상 내가 오기를 기다리고 있어. 하루종일 심심했던 거야. 누구랑 말을 하고 싶은데 그걸 계속 참았던 거지. 내가 집에 들어가면 현관에서부터 나를 졸졸 쫓아와. 옷 갈아입고 있는데 옆에서 막 얘기를 해. 오늘 자기가 어디 마트를 갔는데 집 앞 마트에서는 한 봉지에 오백원 하는 콩나물을 거기서는 한 봉지에 사백오십원 하더라, 그런 얘기. 나는 마감 끝나고 집에 가면 정말 사람이 파김치가 돼서, 그냥 불 끄고 자고 싶거든. 누구하고도 대화를 나눌 기분이 아니야. 그냥 지갑에서 천원짜리 한 장 꺼내서 던져주면서 그걸로 콩나물 마음껏 사시라고, 대신 그런 이야기 나한테 하지 말라고 빌고 싶은 심정이야. 내가 화장실에 들어가면 엄마가 화장실 문 앞에 서서 이야기를 해. 나는 오줌 누고 있는데 화장실 문밖에서 이모가 이번에 대만으로 여행을 갔는데 그렇게 좋았다더라, 그런 이야기를 해. 자기도 보내달라는 얘기지. 그리고 우리 엄마는 맨날 어디가 아파. 병원 가보면 별것도 아닌데 그냥 내 관심을 끌고 싶은 거야. 엊그제는 나한테 자기 눈알이 튀어나온 거 같지 않냐고 몇 번이나 물어봤어. 눈이 아프대. 내가 보면 그냥 나이가 들어서 볼살이 빠져서 그런 건데. 하루종일 아무것도 안 하니까 몸에 조금만 이상이 생겨도 계속 신경이 쓰이나봐. 그런 이야기를 나 잠들 때까지 한 시간이고 두 시간이고 해. 우리집에는 방이 하나밖에 없거든. 거실이랑 침실. 잘 때 요 깔고 누워 있으면 누워서도 그런 얘기를 해. 듣다보면 정말 돌아버릴 것 같아. 내가 남편이고 엄마가 내 아내가 된 것 같아. 내가 자기 얘기를 안 들어주면 엄마가 너한테 그 돈을 왜 들였나 모르겠다, 돈을 들이지 말았어야 했는데, 라고 말해. 여자가 마침내 울음을 터뜨렸다. 그러면 아빠 심정이 이해가 가. 엄마를 막 때리고 가구도 다 때려부수고 싶어. 그 입 좀 닥치라고.

할아버지 가수가 부르는 쓸쓸한 노래가 끝나고 잠시 적막이 흘렀다. 여자는 갑자기 오랜 시간이 지나버린 듯한 이상한 기분을 다시 느꼈다. 좀 진정이 되네. 이렇게 털어놓고 나니까. 여자가 웃었다. 엄마를 때리고 싶다는 고백에 대해서는 그다지 죄책감이 들지 않았다. 방이 하나만 더 있으면 해결될 문제야. 잠만 혼자 잘 수 있다면. 여자는 생각했다.

음악이 나왔다. 시간이 다시 제 속도로 흘러가기 시작했다. 너희 어머니 그리 오래 못 사셔. 남자가 말했다. 정말이야? 여자가 잠시 뒤에 물었다. 너희 어머니 장례식을 봤어. 그렇게 먼 미래는 아닌 것 같아.

남자가 말했다. 거짓말이지? 남자는 대답하지 않았다. 고양이가 몸을 세우고 꼬리를 한 번 흔들더니 풀쩍 뛰어서 바 테이블 안쪽으로 들어갔다. 여자는 칵테일 한 잔을, 남자는 맥주를 한 병 더 주문했다.

남자 두 명과 여자 한 명으로 이뤄진 일행이 가게에 들어왔다. 술기운이 오른 젊은이들답게 목소리가 컸고, 다른 사람들을 신경쓰지 못했다. 그들은 그날의 뉴스를 이야기하고 있었다. 그게 다 CCTV에 찍혔더라니까. 진짜? 응. 그냥 골목에서 걷다가 가방에서 칼 꺼내서 갑자기 막 찔러. 찔린 남자는 말도 한마디 못해. TV로 뉴스를 보는데, 그 아파트 단지가 사람이 없는 곳이 아닌 거야. 강남 아파트 단지 같은 거야. 진짜 대박이다. 거기 사람들 트라우마 생기겠다. 여자는 남자의 몸이 굳는 걸 느꼈다.

나 춤추고 싶어. 여자가 남자의 손을 잡았다. 여기서? 남자가 물었다. 응. 여자가 자리에서 일어났다. 여자와 남자는 바 테이블과 일반 테이블 사이 공간에 서서 서로 몸을 붙였다. 음악이 바뀌었고, 그들은 껴안고 춤을 추었다. 살인사건에 대해 이야기하던 젊은이들이 남자와 여자를 잠깐 바라보았다가 고개를 돌렸다. 우리 꼭 미국 사람들 같다. 남자가 말했다. 미국 사람들은 이런 바에서 막 춤을 추잖아. 여자가 말을 보탰다. 미국 할아버지 할머니. 조금 더 몸이 뚱뚱하면 완벽할 텐데.

과거와 미래를 보지 못하고 현재만 보는 사람이 더 유리할 때도 있어. 여자가 말했다. 과거를 잊을 수 있으니까. 과거를 잊을 수 있기 때문에 과거로부터 자유로워질 수 있어. 그러니까, 내가 널 지켜줄게.

과거로부터, 너를, 지켜줄게.

칼럼 재미있게 잘 읽었습니다, 작가님. 도서관 직원이 말했다. 과장님도 훌륭하다고 하셨어요. 전화선을 타고 들리는 도서관 직원의 목소리가 다소 딱딱했다.

고맙습니다. 남자가 말했다. 잠시 침묵이 이어졌다.

『현수동 이야기』도 최종 감수 마치면 계약대로 작가님 이름이랑 도서관 이름이랑 나란히 써서 출간될 거예요. 도서관 직원이 말했다. 올해 말 정도 예상하고 있습니다.

칼럼은 그렇지 않은가보죠? 남자가 물었다.

저…… 안 그래도 그게 좀 여쭤보고 싶은 게 있었는데요. 도서관 직원이 말했다. 저희가…… 작가님 칼럼 1회 나간 다음에 전화를 한 통 받았거든요. 말투가 조심스러웠다. 남자는 그 전화가 어떤 내용인지 이미 알고 있었다.

그러셨군요. 남자가 말했다.

저는 그 말을 믿지도 않았고, 또 설령 그게 사실이면 어떠냐…… 그랬는데, 과장님은 또 의견이 다르셔서…… 한번 작가님께 확인해보라고 하시더라고요.

어떤 내용인데요?

전화 주신 분 말씀이…… 작가님이…… 그러니까…… 사서는 그 다음 단어를 남자가 대신 말해줬으면 하는 눈치였다. 도서관이라는 곳도 직장으로서는 학교와 비슷한 곳인 듯했다. 만나는 사람들에게 어려운 부탁을 하고, 협상을 하고, 때로는 싸움도 각오해야 하는 그런 일터는 아닌 것이다. 착하고 얌전한 사람들이 시간이 지날수록 점점 더 착하고 얌전하게 되는 곳이다. 소년교도소와는 다르다.

혹시 저한테 전과가 있다는 이야기였나요? 남자가 말했다.

네.

그거라면 사실입니다.

아······

하지만 제가 이름을 바꾸었기 때문에 알아보는 사람은 거의 없어요. 도서관 소식지에는 필명으로 글을 쓸 수도 있을 거고요.

예······

제가 죄를 저지른 건 맞지만, 죗값을 치르고 나온 것도 맞아요. 저는 공무원도 될 수 있어요. 형을 마친 지 오 년이 지났거든요. 깊이 반성하고 있고, 사회에 복귀해서 공동체를 위해 봉사하는 삶을 살고자 다짐하고 있습니다.

저······ 작가님, 그러면 그 전과가 그······

정당방위 성격이 있는 거였어요. 판사도 그 점을 인정했습니다.

아······ 작가님, 답변해주셔서 감사합니다. 저는 그게 과연 문제가 되나, 우리는 도서관 소식지를 만드는 것이고 좋은 글만 실리면 되는 것인데, 그런 생각인데요, 일단 과장님께 말씀드리고 과장님 의견을 따라야 할 거 같습니다. 다시 연락드릴게요. 도서관 직원이 말했다.

그러나 남자는 연락이 오지 않을 것임을 알고 있었다. 그것은 단순한 패턴이었다.

합의
자갈
광자

아주머니. 제가 저희 쫓아다니지 말라고 경고했죠. 여자는 세게 나
갔다. 한 번만 더 저희 쫓아오시면 경찰 부르겠다고. 카페에 있는 다
른 손님들이 여자를 흘끔흘끔 바라보았다.

지난번에는 내가 잘못했다. 나도 마음속으로는 쟤를 용서해야 한다
고 생각하는데 가끔 충동적으로 끓어오를 때가 있어서 그게 잘 안 돼.
하지만 쟤한테 물어보렴. 쟤가 나를 엄마라고 부르고, 나도 쟤를 새
아들이라고 불러. 지난번에는 내가 잘못했고, 다시는 그런 일 없을 거
야. 아주머니가 말했다. 남자는 고개를 숙이고 있었다.

이거, 사과의 의미로 가져온 거야. 받아주렴. 유명한 가게 거란다.
아주머니는 흰색과 붉은색으로 디자인이 된 케이크 상자를 내밀었다.

고맙습니다. 아주머니가 내민 손을 거두려 하지 않자 남자가 숙인 고개를 더 숙이며 케이크 상자를 받았다.

먹지 마. 버려. 독 들어 있을 것 같아. 여자가 말했다. 독극물까지는 아니더라도 죽은 쥐나 커터칼 날은 들어 있을지도 모르겠다고 여자는 진심으로 생각했다.

아주머니, 저희는 아주머니 도움 필요 없어요. 솔직히 저희 도우시려고 그러시는 거 아니잖아요. 이 남자 지긋지긋하게 쫓아다니면서 망하게 만들려고 그러시는 거잖아요.

그런 거 아니야. 아주머니가 대꾸했다.

그래요. 이 남자가 잘못 저질렀어요. 잘못된 일이었어요. 하지만 그래서 이 남자도 감옥에 가서 구 년을 살고 나왔다고요. 그게 나라에서 정한 죗값이었어요. 너는 사람 죽였지만 이런저런 정상참작의 여지가 있으니까 감옥에서 구 년을 살아라, 그랬다고요.

구 년이 아니라 칠 년이라고 봐야지. 쟤는 군대에 안 가도 되잖니. 아주머니가 대꾸했다.

이 남자는 정신병원에도 갇혀 있었고요, 이제 어머니 아버지 다 어디로 갔는지도 몰라요. 취직도 안 되고, 할 수 있는 게 아무것도 없어요. 아주머니가 이 남자 어머니 아버지도 쫓아다니셨다면서요. 그분들, 자식 버리고 도망친 게 아주머니 때문인지도 몰라요.

그냥 몇 번 만났을 뿐이야. 아주머니가 대꾸했다.

그리고 지금은 이 남자 가는 곳마다 쫓아다니면서 훼방놓고 계시죠? 스토킹하고, 전화 걸어서 전과 소문내고.

그런 적 없어. 아주머니가 대꾸했다.

『우주 알 이야기』 심사평 보고 저희 회사로 전화 건 사람도 아주머니였죠? 팬이다. 출판에이전시다. 하고 거짓말하셨죠?

그런 적 없어. 아주머니가 대꾸했다.

언제까지 이러려고 그러세요? 앞으로 십 년이고 이십 년이고 계속 이러실 거예요? 원하시는 게 도대체 뭐예요? 이런다고 영훈이가 살아 돌아와요? 그냥 저희가 고통받는 걸 보는 게 좋아서 이러시는 거예요? 사디즘 같은 거예요?

애를 돕고 싶어서 그래. 나는 얘를 가슴으로 낳은 아들이라고 생각해. 우리 영훈이 대신 나한테 온 새 아들. 아주머니가 말했다. 이제 카페의 모든 사람들이 여자와 아주머니를 보고 있었다.

아주머니, 지금 아주머니가 하는 일이 옛날에 영훈이가 했던 짓이랑 똑같은 거 알아요? 어쩌면 그렇게 하는 짓이 고등학교 일진이랑 똑같아요? 사람 잔인하게 짓밟고 괴롭히고. 영훈이가 아주머니 닮아서……

그 순간 아주머니가 남자의 정수리에 주먹을 망치처럼 내리쳤다. 남자의 목이 픽, 하고 꺾이며 몸이 의자에서 굴러떨어졌다. 남자의 몸이 바닥에 완전히 닿기 전에 아주머니가 주먹을 한번 더 위에서 아래로 내리쳤다. 이번에는 주먹이 남자의 귀에 떨어졌다. 남자의 머리가 바닥에 닿을 때 쿵, 하는 소리가 들리고 바닥이 조금 떨렸다. 여자는 벌떡 일어나 아주머니에게 달려들었다.

여자는 경찰을 불러야겠다고 생각했지만 그러지 못했다. 아주머니가 여자의 머리채를 붙잡고 있는 동안 카페 직원이 경찰에 전화를 걸었다. 그들은 경찰차를 타고 파출소에 갔다. 아주머니가 흥분해서 남자를 살인자라고 소리쳤다. 여자가 합의할 생각이 없다고 고집했기 때문에 파출소에서 다시 경찰차를 타고 경찰서로 갔다. 경찰서에서도 아주머니는 내내 흥분 상태였고, 횡설수설했다. 여자는 파출소에서는 흥분 상태였지만 경찰서에 가서는 차분해졌다. 아주머니처럼 미친 사람으로 보이고 싶지 않았고, 또 경찰 앞에서 침착한 모습을 보여야 유리할 거라고 생각했다. 남자는 파출소에서도 경찰서에서도 고개를 숙이고 있었다. 남자는 카페에 경찰이 오기 조금 전에 정신을 차렸고, 병원에 가길 거부했다.

여자가 진술조서를 준비할 때 아주머니의 남편이 왔다. 한때 대기업 임원이었다던 아저씨는 얼굴이 꾀죄죄했고 남루한 옷을 입고 있었다. 이제 그만 좀 해. 영훈이가 이런 걸 원할 거 같아? 아저씨는 형사계에 들어오자마자 아주머니를 향해 호통을 쳤다. 아저씨는 고개를 숙이고 있는 남자를 애써 외면했다.

당신이 뭘 알아! 영훈이는 내 아이야! 내가 가랑이 벌리고 낳은 아이라고! 내가 스무 시간 동안 피 흘리면서, 죽을 고비 넘기면서 낳은 아이야! 당신이 그걸 알아? 당신이 뭘 알아!

아저씨가 아주머니의 뺨을 때렸다. 컴퓨터 앞에 앉아 있던 형사가 일어나 아저씨를 단박에 제압하고 쇠창살이 있는 구석으로 몰아세웠다. 형사의 덩치에 가려 아저씨의 몸은 보이지도 않았다. 그동안 아주머니는 경찰서 건물을 무너뜨릴 것 같은 기세로 비명을 질렀다. 악—!

숨이 모자라 비명을 멈추었다가 다시 비명을 질렀다. 그러기를 반복했다. 악-! 악-! 악-! 악-! 악-! 톤을 높인 사이렌 소리를 듣는 것 같았다.

우리가 염치가 없지만, 합의를 부탁하네. 아저씨는 끝까지 남자를 제대로 쳐다보지 못했다. 미안하다는 말도 하지 않았다. 여자는 그러면 안 된다고 말렸지만, 합의를 하겠다는 남자의 태도가 워낙 완강했다. 경찰서를 나설 때 아주머니가 여자에게 말했다. 내 아들 몸에 칼에 찔린 상처가 열네 군데야. 내가 그걸 다 만져봤어. 난 그걸 평생 못 잊어.

이 골목 옛 이름이 박석거리야. 저쪽 주민센터 있는 곳은 박석고개고. 남자가 말했다. 길에 작은 자갈들이 많이 있었나봐. 진 땅을 걷는 게 싫었던 부자가 사람을 시켜서 자갈을 깔았다는 전설도 있고, 신통력이 있는 남편 전설도 있어.

신통력 있는 남편 전설은 뭐야? 여자가 물었다.

여기에 어느 부부하고, 시부모하고 같이 살았대. 그때 노량진에서 큰 굿판이 열려서 며느리는 집 지키고 시부모가 거기로 구경을 갔대. 남편이 저녁에 일을 마치고 집에 왔더니 부인이 울고 있대. 굿 구경을 못 가서 너무 아쉬웠던 거지. 그러니까 남편이 웃으면서, 부인한테 행주치마를 뒤집어씌워서 눈을 가리라고 했대. 부인이 그렇게 하니까 남편이 부인을 안았는데, 갑자기 바람이 일더니 어디로 날아가고 있는 듯한 느낌이 들더래. 그러다가 남편이 이제 괜찮다고, 치마 내리라고 해서 치마를 내리고 눈을 떴더니 굿판 한가운데인 거야. 그래서 재미있게 굿 구경을 하고, 돌아올 때에도 또 시부모 몰래 남편한테 안겨서 집으로 돌아왔대.

옛날에는 굿 구경이 그렇게 큰 볼거리였나보지?

요즘으로 치면 폴 매카트니 내한공연 같은 거였나봐. 남자가 말했다.

그런데 그 이야기가 자갈이랑 무슨 상관이 있어?

응, 뒷이야기가 더 있는데, 남편이 이 일을 절대 누구한테도 이야기하지 말라고 부인한테 신신당부를 했어. 그런데 당연히 이런 이야기에서 그게 그렇게 안 되겠지? 부인이 너무 자랑스러워서 남편 신통력을 이웃한테 이야기한 거야. 그래서 그게 소문이 퍼져. 그러자 관가에서 포졸들이 와서 남편을 칼로 찔러 죽여.

아니, 왜?

글쎄, 조선시대 설화를 보면 신통력이 있거나 힘이 장사인 사람들이 포졸에게 맞아 죽거나 감옥에 갇혀 죽는 이야기가 굉장히 많아. 날개가 달린 사람이나 아기장수를 처형했다는 얘기는 동네마다 있지. 당시 사람들의 인식이 반영된 거 아닐까. 평민 출신 인재를 지배계급이 두려워하고, 그걸 또 백성들이 알고 있고.

그런데 남편이 죽은 거랑 자갈은 무슨 상관이지?

남편이 죽으니까 그 시체에서 용마가 한 마리 나왔대. 그 용마가 부인을 향해 울고는 하늘로 올라갔는데, 그때 그 발굽에 바위가 부서져서 자갈이 됐고 그 자갈이 이 길에 깔렸대.

그게 뭐야. 이상해. 지금 네가 지어낸 거 아니야?

아니야.

너 내가 진짜 이거 찾아본다? 아까, 여기 이름이 뭐라고? 박석거리? 여자는 주머니에서 휴대폰을 꺼내다 몸이 얼었다. 몇 미터 앞에 아주머니가 서 있었다.

네가 약속을 까먹은 거 같아서. 아주머니가 남자에게 다가와 말했다. 아주머니는 여자의 시선을 외면했다. 남자는 영문을 모르겠다는 표정이었다. 무슨 약속이요? 여자가 끼어들었다.

좀 서운하네. 아주머니가 말했다. 오늘이 영훈이 기일이잖아. 같이 추모공원 가야지. 남자는 아, 하는 표정이 되었다. 여자는 예상치 못한 전개에 당황했다. 오늘이 기일 맞아요? 그런 약속을 했던 것 맞아요? 꼭 이 남자랑 거기에 같이 가셔야 돼요? 그런 질문들을 던질 타이밍을 놓쳐버렸다. 남자는 불에 데기라도 한 것처럼 황급히 여자 곁에서 물러났다. 미안. 저녁에 전화할게. 남자는 그렇게만 말했다.

아주머니가 차가 없었기 때문에 그들은 지하철과 버스, 셔틀버스를 타고 추모공원에 갔다. 아주머니의 짐을 남자가 들었다. 가는 길에 두 사람은 거의 이야기를 하지 않았다. 영훈이가 살았으면 키가 너 정도 될까? 라고 아주머니가 물었을 때 남자는 키가 저보다 더 컸었습니다, 라고 대답했다. 머리가 너무 길구나, 좀 깎았으면 좋겠다, 라고 아주머니가 말했을 때 남자는 대답하지 않았다.

추모공원 마당에는 자갈이 깔려 있었다. 남자와 아주머니가 걸을 때마다 자갈 밟는 소리가 났다. 왼쪽 다리를 저는 아주머니는 걸음이 느렸다. 남자는 아주머니를 따라 천천히 걸었다. 남자는 자기가 밟으면 돌들이 깨질 것처럼 조심조심 걸었다. 그러나 아주머니를 부축하지는 않았다. 그들은 평화관이라는 문패가 달린 건물로 들어갔다.

안치함에는 꽃다발과 사진들, 어린이 상장 같은 물건들이 있었다. 젊어 죽은 사람들의 안치함에는 인형이 많았다. 하늘나라에서 건강하세요. ○○아, 생일 축하한다. 곧 만나자. 삐뚤삐뚤한 글씨들. 추모공원 직원이 와서 이영훈 안치함의 문을 열어주었다. 아주머니는 시든 꽃다발을 꺼내고 새 꽃과 시집을 유골함 옆에 놓았다. 아주머니는 가방에서 보온병을 꺼내서 뚜껑을 열었다. 카레향이 났다. 아주머니는 안치함 앞에서 보온병으로 몇 번 원을 그렸다. 애가 그렇게 카레를 좋아했어. 카레를 한 솥 끓여놓으면 지겨워하지도 않고 연속으로 몇 끼나 먹었어.

같이 먹자. 평화관에서 나온 아주머니는 벤치에 앉아 보온병과 밥통을 열었다. 남자는 밥통을 받아 그 위에 카레를 부었다. 공원에서는 오래된 노래들이 나왔다. 맛 괜찮니? 네, 맛있어요. 집밥 생각날 때는 아무때고 나한테 전화해서 밥 먹고 싶다고 얘기하면 돼. 아주머니가 말했다. 평화관 건물에는 전광판이 달려 있었다. 유족들이 공원에서 운영하는 전화번호로 보낸 문자메시지가 전광판에 커다란 글자가 되어 나왔다. 주로 추모공원에 오지 못한 사람들이 보내는 메시지들이었다. 밥그릇을 먼저 비운 남자는 메시지들을 보며 아주머니를 기다렸다. 어머님, 오늘은 더 생각이 나네요. 아범이랑 곧 들를게요. ○○아, 오늘 못 가서 미안해. 너무 기다리지 말고 거기 사람들이랑 잘 놀고 있어라. 아주머니는 끝내 밥을 다 먹지 못했다.

　서울로 돌아오는 버스에서 아주머니는 꾸벅꾸벅 졸았다. 아주머니는 하루에 여러 번 그렇게 졸았지만 그 사실을 몰랐다. 그래서 자신이 하루에 두 시간밖에 자지 않는다고 생각했다. 아주머니는 졸다가 머리를 남자에게 기댔다. 남자는 아주머니가 편히 잘 수 있게 어깨를 조금 낮추었다.

　저는 6호선을 타고 갈게요. 지하철역에서 남자가 말했다. 예쁘게 단장한 젊은 여성들이 새로 시작한 드라마에 대해 떠들며 지나갔다.

　그 아이와는 헤어졌으면 좋겠다. 아주머니가 말했다. 그 아이가 네 과거를 감당하지 못할 거야. 그러면 불쌍하잖니.

　그게 영훈이에 대한 예의 아니니? 남자가 대답하지 않자 아주머니가 물었다. 영훈이를 생각하면…… 그게 예의 아니니?

　아까 카레 있잖아요. 남자가 불쑥 입을 열었다. 영훈이는 카레 싫어했어요.

　영훈이가 카레를 싫어했다고? 그걸 네가 어떻게 아니?

　학교에서 점심으로 카레가 나왔을 때 그걸 바닥에 버리고 저더러 핥아먹으라고 했어요. 자기는 집에서 카레를 너무 많이 먹어서, 카레만 보면 토가 나온다고. 이제 기억이 나네요.

　아, 어떻게 하지? 홍대 갈까? 미친놈아, 지금 홍대 가서 뭘 어쩌게. 그냥 여기서 놀아. 야구모자를 쓴 청년 두 명이 아주머니 옆을 지나갔다.

　영훈이가…… 좀 짓궂은 데가 있었어. 아주머니가 말했다. 남자애

138

들끼리는 짓궂은 장난 많이 치지 않니.

하긴, 소년교도소에 갔더니 그보다 더 심한 장난도 있더라고요.

남자는 그럼, 이라고 말하고 뒤를 돌아 개찰구로 걸어갔다. 잠깐, 잠깐만. 아주머니도 남자를 따라 개찰구 안으로 들어갔다. 조금만 얘기 더 하자. 그러나 아주머니는 왼발이 불편했기 때문에 남자처럼 계단을 성큼성큼 내려갈 수 없었다. 아주머니가 계단을 다 내려왔을 때에는 이미 지하철이 떠나버리고 난 뒤였다.

노을이 졌다. 남자와 여자의 그림자가 길게 늘어졌다.

한강 구조 때문에 이 부근에서는 남쪽으로는 퇴적이 되고, 북쪽으로는 침식이 돼. 그래서 남쪽에 여의도 같은 섬이 생겼고, 한강시민공원도 남쪽이 훨씬 더 넓지. 대신 북쪽은 강을 접하면서 지대가 높은 곳이 많아서 경치가 더 좋아. 옛날에 현수동 일대에는 정자가 빼곡했어. 천 평이나 됐다고 하는 소동루 옆으로 영파정, 창랑정, 만휴정, 사파정 같은 이름의 정자가 많았어. 다 양반들, 그중에서도 힘깨나 쓰던 사대부 집안의 부동산이었어.

불꽃축제 할 때 여기서 보면 좋겠다. 공원 한구석에 설치된 망원경으로 밤섬을 보던 여자가 말했다. 여기는 여의도처럼 북적이지 않겠네. 망원경 옆 팻말에는 밤섬에서 관찰할 수 있는 새의 그림들이 그려져 있었다.

그런데 옛날에도 이 자리만큼은 경치가 좋은데 주인이 없었어. 남자는 자신이 앞으로 여자와 불꽃축제를 보러 갈 일이 없다는 것을 알고 있었다. 사람들은 이 자리를 달맞이언덕이라고 불렀어. 지금도 강변을 따라 아파트 단지가 늘어섰고, 한강 전망을 누리려면 프리미엄을 얹어줘야 하는데 여기만 공원이 있지.

달맞이언덕? 지금 달이 어디 있지? 여자가 물었다.

서쪽에. 남자가 대답했다.

안 보여.

그믐이라 그래. 그믐달은 아침에 떠서 저녁에 지거든. 그래서 쉽게 볼 수 없지. 해가 뜨기 직전에만 잠깐 볼 수 있어. 남자가 말했다. 낮에는 너무 가느다랗고 빛이 희미해서 볼 수가 없어.

저녁에 가느다란 달 몇 번 본 거 같은데. 해가 막 지려고 할 때.

그건 초승달이야. 초승달도 아침에 떠서 저녁에 지지만 그믐달이랑 미묘하게 뜨는 시각이 달라. 초승달은 해가 뜬 다음에 떠서, 해가 지고 나서 조금 있다가 져. 그때 볼 수 있는 거지. 그믐달은 해가 지기 전에 사라져.

해가 지기 전에 사라져. 여자가 남자의 말을 반복했다. 두 사람의 그림자가 더 길어졌다.

그믐에는 달과 지구 사이의 시공간연속체가 뒤틀려. 내가 우주 알일 때에는 그 뒤틀림을 이용해서 지구에 왔어. 뒤틀린 시공간터널을 타고 내리는 달빛에는 이상한 힘이 생겨. 잘라진 걸 붙이고, 끊어진 걸 잇게 되지. 남자가 말했다. 그리고 고통을 멈추게 해줘.

그 빛을 보고 싶어? 남자가 물었다.

응. 여자가 말했다.

그러면 눈을 감아. 태양에서 온 광자光子가 남긴 자국을 망막에서 씻어내야 해.

얼마나?

오 분 정도. 그 정도면 될 거야.

행주치마를 뒤집어써야 하나?

그러면 좋을 거야. 지금은 행주치마가 없으니, 대신 스카프라도 눈에 두르는 게 어떨까.

여자는 웃으며 스카프를 풀었다. 완전 깜깜해. 여자가 말했다. 그 상태로 조금만 기다려. 남자가 말했다. 말을 마친 뒤 남자는 여자를 그 자리에 놔둔 채 살금살금 발을 떼 공원에서 벗어났다.

복권
유서
너는 누구였어?

너는 미래가 결정된 건지 궁금해했지. 이렇게 설명하면 어떨까. 모든 시간을 한눈에 볼 수 있는 존재에게 과거와 미래는 마치 건축물과 같아. 거대한 미술관을 상상해봐. 그 안을 네가 걷는다고. 네가 걷는 방향에 따라서 눈앞으로 많은 그림이 지나가는 거야.

인간이란 그 미술관에서 가이드를 따라 천천히 움직이는 단체관람객 같아. 정해진 방향으로, 정해진 속도로 움직이며 눈앞에 있는 그림에 집중해야 하지. 그 그림을 볼 수 있는 때는 그 순간밖에 없으니까. 그것도 미술관을 경험하는 하나의 방식이야. 그런 방법으로도 미술관에 있는 많은 그림들을 볼 수 있어. 어떤 사람은 짧은 코스를 걸으면서도 알차게 작품들을 감상할 테고, 어떤 사람은 여러 전시관을 돌면서도 별생각 없이 작품들을 지나치겠지. 하지만 기본적으로 이 미술관은 어마어마하게 거대하기 때문에 어떤 존재도 모든 전시관을 다 둘러볼 수는 없어.

우주 알은 그 단체관람객 무리에서 벗어나 혼자 움직일 수 있는 자유티켓 같은 거였어. 우주 알이 몸에 들어오면 좋아하는 그림 앞에서 한참 머물러 있을 수도 있고, 이미 지나친 조각품을 찾아 길을 거슬러 올라갈 수도 있어. 이층을 건너뛰고 곧장 삼층으로 올라가거나, 오층부터 거꾸로 내려오면서 전시물들을 감상할 수도 있을 거야.

물론 내게도 원인이 결과에 앞서야 한다는 인과율은 성립해. 내게 인과율은 이런 식으로 작동해. 나는 미술관 안에서 자유롭게 움직일 수 있지만, 미술관의 구조는 변하지 않는다는 거야. 그건 내가 바꿀 수 없어. 벽에 걸린 그림을 떼어서 위치를 바꾼다든가 하는 일도 할 수 없어. 이 미술관에서 〈모나리자〉를 보려면 이탈리아 그림들을 함께 봐야 해. 이탈리아 그림이 있는 곳으로 가려면 프랑스와 스페인 회화 컬렉션을 거쳐야 하고.

너는 〈모나리자〉 같은 존재였어. 이 미술관에서 꼭 보아야 하는 그림. 우주 알이 내 몸에 들어왔을 때, 나는 네가 있는 곳으로 갔어. 나는 복권과 경마로 부자가 될 수도 있었어. 하지만 그런다면 네 곁에 머물 수 없었지. 그런 인생은 〈모나리자〉에서 매표소나 카페테리아만큼 멀리 떨어져 있었거든.

고마워. 너랑 지내는 동안 정말 행복했어. 우주 알을 받아들인 보람이 있었어.

너를 만나기로 결심했을 때, 그래서 너의 회사로 원고를 보냈을 때, 나는 우리의 결말도 미리 봤어. 결말이 오늘 올 것임을 알고 있었기 때문에 오늘까지의 시간을 더 알차게 보내려 노력했어. 사실 그 마지막 장면이 나한테 좀 안 좋긴 해. 하지만 시공간연속체 속에서 평가하자면, 너와 함께 있었던 시공간은 전체적으로 다 좋고, 극히 일부가 그렇지 못할 뿐이야.

나한테 남은 문제는 이거였어. 네가 이 마지막 때문에 우리 관계를 온통 불행했던 것으로, 비극적인 것으로 기억하지 않을까? 보통의 시간 순서로 삶을 사는 사람들은 언제나 서사와 결말을 중시하잖아. 어린 시절 행복하고 노년에 불행한 것보다 그 반대를 선호하고, 수십 년을 기다린 아버지와 딸이 마지막에 잠시라도 꼭 만나야 하고.

노선 A와 노선 B에 대해 여러 번 물어본 건 그런 이유에서였어. 마지막에 이르면 시공간연속체에서 내가 걸어야 할 경로는 그 두 가지로 좁혀지지. 그나마 하루 일찍 헤어지는 노선 A에서는 네가 입을 충격이 덜할 것이고, 그러면 너도 나를 좋은 추억으로 간직하지 않을까, 우리 관계를 그나마 괜찮았던 걸로 여기지 않을까…… 그렇게 생각했는데…… 그런데 우리는 노선 B를 걷기로 했지. 너는 미래를 볼 수 없기 때문에, 나는 이기심 때문에. 그래도 나는 십 분 먼저 너와 헤어지려 해. 십 분이면 최악은 피할 수 있을 거야.

미안해. 남자가 속으로 생각했다.

행주치마를 뒤집어써야 하나? 여자가 물었다. 완전 깜깜해. 웃으며 스카프로 눈을 가린 여자가 말했다. 그 상태로 조금만 기다려. 남자가 말했다.

남자는 재빨리 공원을 빠져나왔다. 공원 계단을 내려오는 동안 해가 완전히 졌다. 그는 그믐달처럼 휘어지고 가느다란 길을 빠른 속도로 걸었다.

길 저편에 아주머니가 서 있었다. 길은 아주머니에게는 오르막이었고 남자에게는 내리막이었다. 아주머니는 오른손으로 아파트 담장을 짚고 왼발을 끌며 천천히 길을 올라오고 있었다. 남자가 보이자 아주머니는 오른손을 담장에서 떼고, 그 손으로 가방 안에 든 칼 손잡이를 쥐었다.

남자가 앞으로 다가오자 아주머니는 가방에서 칼을 꺼냈다. 가로등 불빛을 받은 칼날이 반짝 빛났다. 아주머니는 칼을 든 채로 머뭇거렸다.

찌르세요. 남자가 말했다. 찌르시라니까요!

아주머니는 팔을 뻗었다. 처음에는 찌르고 다음에는 그었다. 구경꾼은 없었다. 아주머니는 칼을 서툴게 쥐었고 그래서 양손에 상처가 잔뜩 났다. 얼굴에 피를 뒤집어쓴 아주머니는 칼을 떨어뜨리고 물러났다.

남자는 편안한 표정으로 바닥에 쓰러졌다. 딱 그렇게 죽기를 바랐다. 남자는 아주머니가 발을 절룩이며 도망가는 모습을 보았다. 희미한 가로등 불빛 아래서 자신의 피는 아주 검게 보였다. 아주머니가 걸음을 옮길 때마다 검은 자국들이 하나씩 생겨났다. 죽음이 다가오자 남자는 그때까지 앞을 가리고 있던 시공간연속체의 장애물 너머를 볼 수 있게 되었다. 비가 오고 시간이 지나도 이 골목에서 아주머니의 발자국이 사라지지 않는 모습이었다. 해가 지고 가로등 불빛이 보이면 그 발자국이 나타났다. 검은 돌들 같았다.

안녕하세요. 저는 지난 1998년 서울의 한 고등학교에서 있었던 동급생 살인사건의 범인입니다. 대법원 사이트에서 피고인 이름에 제 이름을 치면 판결문을 열람하실 수 있습니다. 서울중앙지법, 사건번호는 1998노〇〇〇번이고, 제 수감번호는 〇〇〇번입니다. 오랫동안 숨겨왔던 진실을 고백하기 위해 이 영상을 촬영합니다.

제가 죽인 제 친구의 이름은 이영훈이라고 합니다. 영훈이하고 저하고 사이가 안 좋았던 건 사실이었습니다. 일학년 때 사소한 일로 오해가 쌓였는데, 공교롭게 이학년 때에도 같은 반이 되어서 둘이 서먹하게 지냈습니다. 저는 혼자 추리소설을 많이 읽고 외톨이 같은 성격에, 은근히 주변 사람들을 무시하는 태도였기 때문에 다른 아이들이 저를 재수없게 보았습니다. 영훈이는 약간 불량스러운 데는 있었지만 특별히 문제아라 할 만큼 나쁜 행동을 저지른 적은 없었고 또래들에게 인기가 좋았습니다.

그러다가 교지가 나왔는데 거기에 제 단편소설이 실렸습니다. 그 단편소설을 읽은 영훈이가 저를 작가님이라고 부르며 놀렸습니다. 지금 생각해보면 영훈이가 그랬던 건 반에서 겉돌던 저와 친해지려고 서툴게 시도한 것 아니었나 싶습니다. 하지만 당시에 저는 영훈이가 저를 작가님이라고 부르는 게 너무 싫었고, 영훈이에게 자꾸 그러면

죽여버리겠다고 했습니다. 그 말을 들은 영훈이와 저는 주먹다짐을 했는데, 키도 크고 몸도 좋았던 영훈이와 저는 상대가 되지 않았습니다. 싸움에서 져서 반 아이들 앞에서 모욕을 당했다고 생각한 저는 다음날 칼을 들고 학교에 갔습니다. 그리고 쉬는 시간에 영훈이를 소각장으로 불러내서 칼로 찔렀습니다.

그렇게 영훈이를 찌른 다음의 일은 솔직히 잘 기억이 나지 않습니다. 사람을 죽이고 나서야 비로소 제가 무슨 일을 저질렀는지 깨달았고, 감옥에 가게 되는 것이 너무 두려웠습니다. 마침 학교 폭력과 일진이 큰 이슈였던 때였습니다. 저는 경찰서에서 영훈이가 일진이었고 제가 영훈이한테 지속적으로 괴롭힘을 당했다고 거짓말을 했습니다. 영훈이가 담배를 사오라고 시켰다거나 방과후에 이곳저곳을 끌고 다니며 저를 때렸다는 이야기는 모두 사실이 아닙니다. 저는 조금이라도 감형받기 위해 그런 말들을 지어냈습니다. 다행인지 불행인지, 사람들은 제 말을 믿어주는 것 같았습니다. 그래서 저는 여태껏 진실을 숨긴 채 살아왔습니다.

지금 드린 말씀이 1998년 저희 학교에서 일어났던 사건의 진실입니다. 영훈이는 일진이 아니었고, 저를 괴롭힌 적도 없습니다. 영훈이의 미래를 잔인하게 빼앗은 것에 더해, 영훈이를 파렴치한 나쁜 아이로 만든 데 대해 깊이 반성합니다. 영훈이 부모님께 무릎 꿇고 사죄드리고 싶습니다.

남자는 화면의 일시정지 버튼을 눌렀다. 그리고 막 자신이 말한 이야기를 생각했다. 남자는 그 이야기가 점점 퍼져나가 마침내 진실이 되고야 마는 과정을 보았다. 남자는 녹화 버튼을 눌렀다.

그리고 람보투에게. 남자는 람보투라는 단어를 빨리 발음했고 또 각 음절에 힘을 골고루 실었다. 그래서 그 말은 람보 투, 가 아니라 아 프리카 어딘가에서 쓸 것 같은 어휘로 들렸다.

지금까지 내가 해온 모든 거짓말들은 다 잊더라도, 이 말만은 기억 해줬으면 해. 널 만나서 정말 기뻤어. 너와의 시간은 내 인생 최고의 순간들이었어. 난 그걸 절대로 후회하지 않아. 고마워. 진심으로.

그러고 나서 남자는 화면을 보며 잠시 머뭇거렸다. 여자에게 하는 말이 너무 짧아 무언가 더 말하고 싶었지만 더 보탤 단어들이 생각나 지 않았다. 그 말들은 거짓이면 안 되었기 때문이다. 너무 잔인한 진 실도 안 되었다. 너를 만나기 위해 이 모든 일을 다시 겪으라면, 나는 그렇게 할 거야, 같은 말들. 사실 남자는 여자를 만나기 위해 시공간 연속체 속에서 그 모든 일을 몇 번이고 다시 겪고 있는 중이었다.

남자는 정지 버튼을 눌렀다.

남자는 동영상 사이트에 접속했다. 업로드할 파일을 선택, 또는 동 영상 파일을 드래그 앤드 드롭. 남자는 파일을 가져왔다. 공개, 미등 록, 비공개, 게시 예정. 남자는 게시 예정을 골랐다. 공개 일시는 이틀 뒤로 정했다. 동영상은 남자가 머물 수 있는 시공간연속체의 바깥에 서 공개될 예정이었다.

이제 여자를 만나러 나가야 할 시간이었다.

남자는 유족이 없었다. 여자는 남자의 장례를 치르지 않기로 했다.

그 모든 거짓들, 거짓을 말하는 사람들, 거짓을 들으려는 사람들, 거짓에 살을 보태는 사람들을 참을 수가 없었다. 장의차에는 여자의 엄마도 함께 탔다. 엄마는 죽은 사람보다는 여자에게만 관심이 있는 것 같았고, 여자는 그것이 싫었다. 여자 외에 남자의 죽음을 슬퍼하는 사람들은 추모공원 직원들뿐인 듯했다. 흰 장갑을 끼고 검은 타이를 맨 추모공원 직원들은 유골함을 건네받은 뒤 구십 도로 허리를 숙였다.

아직 유골함에 온기가 남아 있습니다. 못다 하신 말씀을 나누십시오. 기도나 묵념을 하셔도 됩니다.

추모공원 직원의 말을 듣고 함 앞에 무릎을 꿇었을 때 여자는 뭐라 말해야 할지 몰라 아무 말도 하지 않았다. 눈물을 흘리는 동안 머릿속에 드는 생각이라고는 여기 온기 없는데, 차가운데, 라는 것뿐이었다. 오히려 엄마가 말을 더 잘했다.

잘 가라. 잘 가. 훨훨 날아가서, 하늘나라 가서 잘살아.

안치함에는 둘이 같이 찍은 사진을 넣었다.

수사를 하던 형사가 남자가 생명보험에 들어 있었고, 사망시 수익자를 여자로 적어두었다고 알려주었다.

우리가 직업이 이래놔서, 언짢으시더라도 양해 부탁드려요. 사실 이게 젊은 분이, 또 가족도 없는 분이 가입하실 만한 상품이 아니거든요. 보험료도 상당히 많은 편이고, 보험금도 많고, 피해자가 지금 첫 회분 보험료를 내자마자 사고를 당했고……

문제 되는 돈이라면 받고 싶지 않습니다.

아니, 그런 뜻으로 드린 말씀은 아니고요. 여자의 말에 형사가 머리를 긁었다. 그 동영상도 그렇고, 보험에 들어 있던 것도 그렇고, 아무튼 저희가 보기에는 좀 석연치 않은 데가 있다, 이거죠. 형사가 말했다.

그러면 그 아주머니한테 가서 물어보시면 되잖아요. 둘이 서로 짜고 벌인 일이었는지, 죽여달라고 해서 죽인 건지. 여자가 감정에 북받쳐 소리를 쳤다. 저는 그런 돈 원하지 않아요. 그냥 그 새끼가 제 옆에 있어주길 원했다고요!

형사는 아주머니를 취조했으나 보험에 대해서는 더 알아내지 못했다.

돈에 무슨 죄가 있겠니. 네가 썼으면 좋겠다고 생각했으니 네 이름을 적었겠지. 엄마가 말했다. 우리 전세도 계약이 끝나가니까…… 엄마는 방이 하나 더 있는 집으로, 단독주택이 아닌 아파트로 이사를 가자고 했다. 여자는 회사가 가깝다는 이유를 들어 현수동의 아파트 단지를 고집했다.

부동산을 돌아다니며 매물을 찾는 엄마는 십 년은 더 젊어 보였다. 엄마는 병원에도 갔고, 갑상선기능항진증이라는 진단을 받았다. 신경이 예민해져서 주변 사람과 자주 다투게 되고, 안구가 돌출되는 것이 그 병의 증상이라고 했다.

남자가 죽은 지 사십구 일째 되던 날에는 추모공원에 가지 못했다. 『시간여행자와 역사도둑』이 국제만화축제에서 대상을 받는 바람에 학습만화팀이 포상으로 오키나와 여행을 가게 되었다. 뜻밖의 수상이었다. 오키나와의 호텔에서 팀장은 여자에게 더 뜻밖의 소식을 들려주었다.

『시간여행자와 역사도둑』 작가님이 불쑥 네 칭찬을 하시더라. 다음에 새 작품 할 때 꼭 ○○씨랑 하고 싶다고.

저번에 빼졌던 게 미안해서 하신 말씀이시겠죠. 여자가 말했다.

그럴 분이 아니잖아. 팀장이 말했다. 대표님이랑 이사님도 있는 자리였어. 네가 피드백 실시간으로 주는 게 참고가 많이 된다, 막상 받을 때에는 기분이 나쁠 때도 있는데 시간이 지나보면 거기에 진심이 담겨 있더라, 보약이다, 그랬어. 여자는 신경쓰지 않는 척했지만 속으로는 몹시 들떴다.

보험금을 받은 뒤 여자는 엄마와 현수동의 아파트로 이사했다. 지은 지는 조금 오래됐지만 고층 세대였고 방이 셋 있었다. 베란다에 서면 오른쪽 절반으로는 앞 동이, 왼쪽 절반으로는 한강이 조금 보였다. 63빌딩과 밤섬의 일부도 보였다. 주말 낮에 집에 있으면 한강이 햇빛을 반사해 반짝반짝 빛나는 것이 보였다.

디자이너가 임신을 하면서 고양이를 키우지 못하게 됐는데 마땅한 새 주인을 찾아주지 못해 고민이라고 푸념했다. 품종이 러시안블루라는 이야기를 듣고 여자는 충동적으로 자신이 입양하겠다고 말했다. 털이 곱고 고양이 같지 않게 사람을 잘 따르는 아이였다. 고양이의 눈매는 어딘지 모르게 실베스터 스탤론을 닮아 보였다. 디자이너가 부르던 이름이 있었으나 여자는 고양이를 점점 더 람보라고 부르게 되었다. 엄마가 한강 둔치로 운동을 나가면 여자는 방에서 고양이와 놀았다. 람보야, 하고 부르면 고양이가 다가와 여자에게 고개를 비볐다.

남자가 죽은 지 일 년이 되는 날 하루짜리 휴가를 냈다. 여자는 차가 없었기 때문에 지하철과 버스, 셔틀버스를 타고 추모공원에 갔다. 여자는 추모공원 직원을 불러 안치함을 열고, 함 안에 『시간여행자와 역사도둑』 최신호를 넣었다. 역사도둑이 와서 과거를 바꿀 방안을 제시하고 그 대가로 미래를 요구한다면 어떻게 할 것인지에 대해 여자는 생각했다. 유골함에 손이 닿았을 때 여자는 자신이 일 년 전에 하지 못했던 말이 무엇인지 떠올랐다.

그 말을, 여자는 문자메시지로 보냈다. 추모공원을 나올 때까지도 안치함이 있는 건물 전광판에는 여자가 보낸 메시지가 적혀 있었다.

너는 누구였어?

셔틀버스와 버스, 지하철을 타고 집으로 돌아오는 길에 여자는 내내 그 문장을 곱씹었다. 단어들만이 순서를 바꾸었다.

도대체 너는 누구였어?

너는 도대체 누구였어?

너는 누구였어, 도대체?

나무
호텔
소원

백삼십오 번, 나오세요. 교도관이 말했다. 교도관은 머리에 커다란 헤드폰을 쓰고 있었다. 그녀는 딱딱한 표정으로 수용자들이 하는 전화 통화를 들었다. 교도관은 삼 분이 넘어가면 전화를 끊었으며, 전화실에 들어가야 할 수용자와 나와야 할 수용자를 번호로 불렀다.

이백사십팔 번, 들어가세요.

아주머니는 교도관을 향해 머리를 숙이고 공중전화부스와 비슷하게 생긴 전화실로 들어갔다. 아주머니는 끈이 없는 흰색 운동화를 신고 있었다. 아저씨는 금방 전화를 받았다. 잘 지내요? 건강은? 난 괜찮아, 당신은? 삼사십 초가 지나니 금방 대화 소재가 떨어졌다. 옆 전화실에서는 다른 수용자가 빠른 목소리로 지인들의 안부를 묻고 있었다. ○○이는? 공부 잘하고 있어? 그 시험이 언제랬지? ○○이는 일 안 힘들대? 꾹 참고 버티라고 전해줘. 그러나 아주머니는 지인이 없었다.

부족한 거 없어. 필요한 것도 없고. 아주머니가 말했다. 나는 빵 만드는 거랑 과자 굽는 걸 배워요. 이 나이에도 뭘 배울 수 있는지 몰랐네.

난 양봉을 배워볼까 해. 아저씨가 말했다.

양봉?

벌 키우는 거. 차에 벌집을 싣고 꽃을 따라서 전국을 돌아다닌다네. 젊은 사람들 중에서 하려는 사람이 없어서 돈이 꽤 된대. 당신도 나랑 같이 하면 좋을 거요. 신선한 공기도 마시고, 우리 알아보는 사람도 없을 테고.

아주머니와 아저씨가 미래에 대해 이야기한 것은 오랜만이었다. 아주머니는 문득 교도소에 나무와 하늘이 부족하다는 생각이 들었다.

당신 따라다니면서 할 수 있는 일을 배워야겠네. 과자 굽는 거말고 미용을 배울까. 당신 머리도 잘라주고, 전국을 돌아다니면서 가난한 사람들 머리도 잘라주고.

그거 좋네. 아저씨가 말했다. 꼭 그럴 수 있게 몸조리 잘해야 돼.

난 정말 잘 지내요. 진실이 밝혀졌잖아. 그래서 마음이 편안해요, 이제. 몸도 좋아졌어. 밥 규칙적으로 먹고 잠도 딱 정해진 시간만큼 자니까 점점 더 좋아지는 것 같아. 아주머니가 말했다.

이백사십팔 번, 나오세요. 교도관이 말했다.

그래도 오래 있을 곳은 못 되지. 몸 상하지 않게 조심해. 아저씨가 말했다.

이백사십팔 번, 나오세요. 교도관의 목소리가 높아졌다. 아주머니는 서둘러 통화를 마치고 교도관에게 머리를 숙이며 전화실을 나왔다.

그믐이 되자 지구와 달 사이의 시공간연속체가 뒤틀렸다. 그믐달은 해가 뜨기 전에 동쪽 하늘에서 볼 수 있었다. 교도소 건물과 건물 사이에 작은 틈이 있었고, 거기에 그믐달이 걸렸다. 달빛이 아주머니가 누운 자리로 내려왔다.

당신 패턴이 마음에 드는데. 달빛을 타고 온 우주 알이 물었다. 내가 그 안에 들어가도 될까?

그래요. 아주머니가 대답했다.

이거 어떻게 해야 되지? 친구가 물었다. 벗고 들어가야 되나?

옛날에 우리 찾아왔던 선배들은 어떻게 왔더라? 여자가 되물었다. 혹시 기억나?

당연히 기억 안 나지. 그게 몇 년 전인데. 친구가 말했다. 여자와 친구는 손님용 실내화 같은 게 없나 싶어서 현관 주변을 둘러보았지만 찾을 수 없었다. 야, 할 수 없다. 그냥 들어가자. 친구가 말했다. 으, 차가워. 구두를 벗은 여자가 고등학교 건물 복도에 스타킹만 신은 맨발바닥을 대고는 말했다. 여자는 케이크 상자를, 친구는 도넛 상자를 들고 있었다.

선배님들의 방문을 진심으로 환영합니다. 동아리실 문에는 환영 문구가 걸려 있었다. 이제는 고교생도 그런 도안을 유광지에 컬러프린

트하는 시대였다.

안녕하십니까! 구십 도로 허리를 숙여 인사하는 십대 아이들은 갓 데뷔한 아이돌 그룹 멤버들 같았다. 긴장했고 조금 겁을 먹었고 한편으로는 기대에 찬 눈들이었다. 여자는 인사하는 후배 아이들보다 구석에 있는 철제 캐비닛에 먼저 눈길을 던졌다. 한 캐비닛이 이십 년 동안 자리를 지킨 것인지, 아니면 교체되어 새로운 제품이 들어온 것인지 궁금했다.

차렷. 선배님들께 경례! 저는 37기 수양회 일지를 맡은 ○○○입니다. 저는 37기 교무실 동정을 맡은 ○○○입니다. 이번에는 아이들이 진짜로 아이돌 그룹의 흉내를 내며 노래에 맞춰 춤을 췄고, 여자는 다소 민망한 기분으로 그 율동을 감상했다. 선배들을 소개하는 시간에 여자는 몰래 친구에게 문자메시지를 보냈다. 야, 우리가 제일 나이 많잖아. 나도 몰랐지. 애들이 하도 졸라대서 어쩔 수가 없었어. 친구가 답장을 보냈다.

자신을 출판사 편집자라고 소개하자 아이들의 눈이 모두 여자에게 쏠렸다. 편집자가 되려면 어떻게 해야 한다거나, 에디터십이라는 게 무엇이라거나, 저자가 마감을 안 지키는 바람에 고생한 에피소드를 말하는 동안 여자는 얼굴이 달아올랐다. 도망치듯 학교에서 나온 여자는 친구에게 술이나 한잔하자고 했다. 시내로 나온 여자와 친구는 일본식 선술집에 들어가 사케를 마셨다.

친구가 홍콩에 놀러갔다 온 이야기를 했다. 친구는 큰 보람의 남편이 출장을 간 사이에 홍콩의 최고급 호텔에서 이틀을 보내고 왔다고

했다. 여자는 빅토리아 피크와 레이디스 마켓, 그리고 〈중경삼림〉에
나오는 에스컬레이터에 대한 이야기를 건성으로 들었다.

큰 보람이 네 얘기 하더라. 친구가 말했다. 여자는 사케를 마시다
사레가 들릴 뻔했다.

내 얘기? 내 얘기 뭐?

걔가 너한테 콤플렉스 있었대.

뭐?

일단 이름이 똑같은 애가 같은 반에 있으니까 신경이 쓰였겠지. 너
는 그때 공부도 잘하고, 좀 스타였잖아. 막 장기자랑 할 때 나가서 랩
하고. 그리고 네가 걔 따 시킨 적 있었잖아.

뭐? 내가?

그래. 나도 기억나는데.

난 걔랑 말도 안 하는 사이였는데 어떻게 따를 시켜?

네가 교무실에 가서 학생부 보고 왔었잖아. 그래서 담임이 우리들
학생부에 다 똑같이 썼다고, 레퍼토리 서너 개 가지고 다 똑같이 쓰더
라고 얘기해줬잖아. 그런데 큰 보람이 평가만 담임이 정성 들여 썼다
고 말했었지.

난 그런 적 없는데. 전혀 기억이 안 나. 여자는 술잔을 든 채로 곰곰
이 생각에 잠겼다. 기억이 나지 않는다는 말은 거짓이 아니었다. 그리
고 그런 일이 있었다고 쳐. 그렇다 쳐도 그게 무슨 따야?

막 괴롭히고 그런 건 아니지. 그런데 그때 네 주변에 있는 애들이
되게 센 애들이었어. 네가 그애들을 몰고 다녔지. 네가 한 말이 말 자

체는 별것 아니었는데, 주변 애들한테는 그게 큰 보람이를 따 시키라는 뜻으로 들렸어. 나도 그때는 그렇게 들었다. 야. 글쎄, 너는 그게 단순히 재미로 한 말이었을지도 모르겠지만.

큰 보람이가 그렇게 얘기해? 여자가 물었다. 여자는 친구가 큰 보람이의 돈으로 홍콩 여행을 다녀왔기 때문에 그런 말을 하는 거라고 생각했다.

큰 보람이는, 지금 생각해보면 아무것도 아닌 일인데, 그때는 좀 상처를 받았대. 그 나이에는 그런 것도 상처가 되잖아. 자기가 영국 유학을 가야겠다고 결심한 계기가 그거였대.

화제가 바뀌었고, 여자는 술을 많이 마셨다. 다른 이야기를 하다가도 여자는 교무실과 학생부로 되돌아갔다. 내가 초등학생 때부터 반장을 많이 했거든. 그런데 그러면 반장 엄마가 해줘야 하는 일이 있잖아. 교무실 소파도 바꿔주고, 엄마들 모임도 나가야 하고. 그런데 우리 엄마가 그런 걸 전혀 못했어. 우리 엄마가 중학교도 못 나온 사람이야. 그렇다고 대인관계가 좋다거나 그런 것도 아니고. 그래서 내가 선생님들한테 대놓고 구박을 받았어. 어떤 선생은 나보고 다음 시험에 백지를 내라고 한 적도 있었어. 그때는 그 말이 무슨 뜻인지도 몰랐어.

그러다 여자는 완전히 취해서 정신을 잃었다. 다음날 정신을 차렸을 때에는 집이었다. 깨질 것 같은 머리를 감싸고 오전 업무를 간신히 마쳤다. 점심시간이 지났을 때 친구에게서 전화가 왔다.

잘 들어갔냐? 너 어제 정말 가관이었던 거 알지?

기억이 안 나. 나 어제 어땠어?

열두시 넘어서 나 집에 가려는데 바지 붙잡고 못 들어가게 했잖아. 막 택시 앞을 가로막고.

그랬……어?

그리고 너희 가족 이야기 좀 그만해. 술만 마시면 맨날 우리 아빠 어떤 사람인지 알지, 나 정말 많이 힘들었어, 그 타령. 내가 힘들다, 야. 내 생각에는 너희 가족들도 그렇게 너 냉대하지 않았어. 따뜻한 말도 여러 번 했을 거야. 네가 기억하고 싶은 것만 기억해서 그렇지.

한참 올라가네. 여자는 귀에서 이상한 소리가 나지 않을까 염려했지만 다행히 그런 일은 없었다. 엘리베이터에는 여자와 남자, 그리고 수족관에서 만난 아주머니, 그렇게 세 사람만 있었다. 한강 둔치가 빠르게 멀어졌다.

몸이 불편하니까 가끔 이렇게라도 바깥공기를 쐬고 싶어져. 아주머니는 왼쪽 몸을 잘 쓰지 못하는 것 같았다. 이런 곳이 딱 좋지. 경사 없고, 화장실 많고, 입장료 내고 들어오면 아무리 오래 있어도 누가 뭐라고 안 하고. 극장과 아쿠아리움에서 연달아 만난 통에 아주머니가 자신들을 쫓아다니는 것 같다는 생각을 잠시 했지만, 따져보면 이상한 일만도 아니었다. 빌딩측은 가장 인기 있는 볼거리를 묶어 빅3티켓이니 빅4티켓이니 하는 이름으로 팔았다. 밀랍인형 전시관, 아이맥스 극장, 아쿠아리움, 그리고 전망대가 그 볼거리들이었다.

신기한 우연이네요. 이런 데서 아는 사람을 만나시고. 여자가 말했다.

전망대는 미술관이기도 했다. '세계에서 가장 높은 미술관'이라는 설명이 적혀 있었다. 이런 데서는 레스토랑을 해야 하는 거 아냐? 장사가 잘 안됐나봐. 여자가 남자에게 하는 말을 듣고 아주머니가 웃었다.

여자와 남자는 주로 전망을, 아주머니는 전시된 그림들을 보았다. 여자는 아무런 장애물도 없이 탁 트인 전망에 압도되어 말없이 한 면을 돌았다. 무엇 때문에 마음이 설레는지 그 순간에는 이해하지 못했다. 세상에 아파트가 이렇게 많은데. 딱 방 세 개 있는 아파트로 이사 갔으면 좋겠어. 여의도 쪽을 보면서 여자는 겨우 입을 열었다. 그러나 정말로 원하는 건 그게 아니었다.

두 사람 내가 사진 찍어줄게요. 아주머니가 말했다. 여자는 손을 젓다가 못 이기는 척하고 휴대전화기를 아주머니에게 맡겼다. 그쪽은 역광이라 뒷배경이 하나도 안 나와요. 조금만 오른쪽으로 가세요. 이쪽이요? 여자가 물었다. 아니, 그 반대편으로. 아주머니가 말했다. 아주머니가 셔터를 누를 때 여자는 두 손으로 남자의 팔을 꼭 잡았다.

카페와 기념품점 옆에 '소원의 벽'이라는 코너가 있었다. 하트 모양의 색지에 방문객들이 소원을 적어 벽에 붙일 수 있게 한 곳이었다. 우리 계속 예쁜 사랑 하게 해주세요. 닌텐도가 갖고 싶어요. 내가 ○○대 꼭 가고야 만다. 우리 가족 모두 건강하고 행복하게. 남자가 화장실에 간 사이 여자는 벽 앞에 서서 다른 사람들의 소원을 읽었다.

하나 써봐요. 아주머니가 색종이를 여자에게 건넸다. 여자는 웃으며 종이를 받았지만 쓸 말이 딱히 없었다. 아주머니는 안 쓰세요? 아주머니는 말없이 미소를 지었다.

운좋게 전망 좋은 테이블 앞에 앉을 수 있었다. 남자가 커피잔을 들고 왔다. 저녁시간이 되자 해가 지는 모습을 보러 올라온 사람들로 전망대가 북적거렸다. 여자와 남자, 아주머니는 한강을 내려다보며 말없이 커피를 마셨다. 저 사람들은 뭐하는 사람들일까. 아주머니가 아래를 내려다보다 물었다. 왜 가만히 서 있다가 조금 걷다가 또 한참 서 있고 그러지. 미니골프장인 것 같아요. 한참을 아주머니와 함께 아래를 내려다보던 남자가 말했다. 여자는 땅에 붙어서 개미보다 작은 크기로 꾸물거리는 사람들과 도로를 따라 천천히 움직이는 자동차, 그리고 멈춰버린 듯한 강물을 보다가 문득 자신의 소원을 깨달았다.

훨훨 날아가고 싶어. 나의 시간을 살고 싶어.

자유로워지고 싶어.

전망대도 운동장과 비슷했다. 바깥 하늘이 붉어지자 조금씩 마력을 얻었다. 여자의 시간이 제 속도를 조금 잃었다. 전망대에서 내려다본 인간들의 현재와 미래는 기묘하고 쓸쓸했다. 인간이라기보다는 개미와 벌을 더 닮았다. 여자는 제대로 된 순서에 대해 생각했다. 도시는 점점 빛으로 된 암호가 되어갔다.

자동차들이 눈에 불을 켰다. 그것들은 형체를 잃은 뒤 붉고 노란 빛의 점선이 되었다. 그 점선은 뭉쳐서 다발이 되어가면서도 다른 다발과 엉키거나 꼬이지 않았다. 방향을 바꾸지도 않았다. 빛의 선에는 시작도 끝도 없었고 잠시 뒤에는 방향도 없어졌다. 오직 패턴만이 있었다.

작가의 말

학습만화 제작과정에 대해 스컬리 편집자님께서 자세히 알려주셨습니다. 스컬리 편집자님께 깊이 감사드립니다. 그러나 이 소설에 나온 에피소드들은 모두 허구로, 스컬리 편집자님이 일하는 출판사나 그 출판사에서 작업을 하시는 작가 분들과는 아무런 관련이 없습니다.

공항 주차장에서 노숙하는 모범택시와 이동 양봉 묘사에서는 제가 기자 시절 취재했던 현장이나 인물들을 참고했습니다. 동아일보 2003년 12월 20일자 A30면 〈"시내엔 손님이 없어요" 인천공항서 밤새우는 모범택시〉와 2013년 1월 4일자 A5면 〈[작지만 세계 일류] ① 꽃샘식품 꿀유자차〉 기사입니다. EBS 다큐멘터리 〈극한 직업〉의 '이동 양봉꾼' 편도 도움이 되었습니다.

추모공원과 여자교도소를 묘사하는 데에는 KBS 프로그램 〈다큐멘터리 3일〉의 '대화對話—추모공원 72시간' 편과 '죄와 벌—청주여자

교도소 72시간' 편을 참고했습니다. "아직 유골함에 온기가 남아 있습니다. 못다 하신 말씀을 나누십시오"와 같은 대사는 이 다큐멘터리에서 추모공원 직원이 한 말을 거의 그대로 가져온 것입니다.

마지막 장에서 "자유로워지고 싶어"라는 여자의 고백은 미국 드라마 〈멘탈리스트〉의 한 대사를 가져온 것입니다. 이 드라마 시즌3 열아홉번째 에피소드에서 주인공은 "인생에서 원하는 게 뭐냐"라는 질문을 받고 "내 삶이 자유로워지길 바랍니다(I want my life to be free)"라고 답합니다.

이 소설에서 남자와 여자가 함께 보는 영화는 〈인터스텔라〉입니다. 고양이 카페에서 듣는 노래는 최백호의 〈아름다운 시절〉입니다. 이 곡은 KBS 드라마 〈참 좋은 시절〉의 사운드트랙으로 사용되었습니다.

사람들이 자신의 인생을 하나의 이야기로 파악하고, 마무리가 어떤지에 따라 그 이야기에 대한 정서적 판단을 크게 바꾼다는 주장은 대니얼 카너먼의 『생각에 관한 생각』에서 알게 됐습니다. 카너먼은 이 책에서 오페라 〈라 트라비아타〉에서 마지막에 비올레타가 죽기 전에 알프레도를 만나는 일이 왜 그렇게 중요한가에 대해 묻습니다. 저는 〈라 트라비아타〉 대신 〈인터스텔라〉를 이용했습니다.

'우주 알(cosmic egg)'이라는 단어는 짐 홀트의 『세상은 왜 존재하는가』에 나오는 용어를 어감이 마음에 들어 따왔습니다. 짐 홀트의 책에서 우주 알은 하나의 우주가 될 수 있는 어떤 작은 입자를 가리킵니다.

여자가 만드는 책인 『시간여행자와 역사도둑』은 베스트셀러인 메이플 학습만화 도둑 시리즈 중 『역사도둑』의 제목을 바꾼 것입니다.

마포구 설화는 마포구청 홈페이지와 마포구립 서강도서관 홈페이지, 마포구 소식지 『내 고장 마포』의 '마포의 재발견' 코너, 한국땅이름학회 홈페이지(www.travelevent.net) 등을 참고했습니다. 소설에 나오는 손돌 설화, 박석거리 설화, 박세채와 나합 이야기 등은 실제 전승을 조금 변형했습니다.

그리고 HJ에게, 널 만나서 정말 기뻤어. 너와의 시간은 내 인생 최고의 순간들이었어. 난 그걸 절대로 후회하지 않아. 고마워. 진심으로.

2015년 여름에, 장강명 올림

| 수상 소감 |

　먹고사는 수단, 돈 버는 방법으로서의 소설쓰기에 대해 말하고자
합니다.
　제가 소설을 쓰는 첫번째 이유가 돈인 것은 아닙니다. 세번째 이유
쯤 됩니다. 그런데 어떤 사람이 인생을 걸고 어떤 일을 할 때, 세번째
이유는 결코 작은 문제가 아닙니다.
　소설을 쓰는 첫번째, 두번째, 세번째 이유는 각각 제가 '소설쓰기'
라는 전쟁을 치르는 첫번째, 두번째, 세번째 전장戰場이기도 합니다.
가끔 저는 '서부전선과 동부전선이 진짜 중요하고 태평양전선은 원자
폭탄 한 방이면 끝이다'라는 식으로 이 세번째 전장을 외면하고 싶어
집니다. 아마도 그 전선의 참혹함에 겁에 질려서일 것입니다. 싸움터

의 기후는 낯설고, 월급쟁이를 하다 입대한 저는 변변한 전투 기술도 없습니다. 나이든 육군 보병, 계급은 하사입니다.

그러나 저는 어떤 의미에서는 이 세번째 전장이야말로 진정한 전투가 벌어지는 곳이라고 생각합니다. 이곳에는 폭력이 충만합니다. 외교 따위는 없습니다.

저는 첫번째, 두번째 전장과 달리 이곳은 현실의 싸움터라고 느낍니다. 이 밥벌이의 싸움을 피하면서 다른 방식으로 현실에 참여할 수는 없다고 생각합니다. 그렇기에 원조를 받으며 시장 밖에서 피난을 다니지 않고, 시장 안에서 싸우며 시장가치를 인정받고자 합니다. 그것이 첫번째, 두번째 전장을 가벼이 여긴다는 의미가 아님을 잘 알아주시리라 믿습니다.

마흔이 넘어 갑자기 전업작가가 되겠다고 하니 주변 사람들이 모두 말렸습니다. 계속 겁에 질린 상태에서 소설을 썼습니다. 상금이라는 비상 보급을 주셔서 감사합니다. 계속 싸워서 글과 돈을 열심히 벌어보겠습니다. 쓰고 싶은 소설을 다 써서 더이상 소설을 쓰고 싶다는 생각이 들지 않을 때까지, 굶어죽지 않고 살아남겠습니다.

상을 주신 심사위원, 문학동네 관계자 여러분, 그리고 아내에게 감사의 말씀을 드립니다. 많은 응원 부탁드립니다.

2015년 초여름에, 나이든 하사 올림

강지희(문학평론가)

『그믐, 또는 당신이 세계를 기억하는 방식』은 고작 패턴으로 존재
하는 인간이 어떻게 그 패턴 밖으로 나갈 것인가라는 매혹적인 질문
을 던지고, 이 어려운 질문에 맞서 훌륭히 싸워낸 서사였다. 패턴으로
서의 삶을 보여주기 위해 도입하는 것은 학교 폭력이다. 고등학교 이
학년 때 학교 폭력 가해자였던 동급생을 살해하고 교도소에 들어갔다
나온 한 남자가 있다. 그리고 그 남자를 집요하게 쫓아다니며, 자신의
아들은 일진이 아니었고 살인자인 그 남자를 괴롭힌 적도 없다고 말
하는 아주머니가 있다. 이런 종류의 사건이 나타날 때 우리의 갈망은

그 폭력의 진상을 명확히 가르며 누가 진짜 파렴치한인지를 알려주는 순간의 현현을 향해 있기 마련이다. 그러나 이 소설은 그 모든 진실을 있는 그대로 드러내는 데 전혀 관심이 없다. 죽고 싶지 않을 만큼 한 여자를 사랑하지만 아주머니가 자신을 찌르러 올 미래 역시 이미 알고 있는 남자는, 그 살인으로부터 도피하기 위한 전략이 아니라 살인자가 될 아주머니를 구하기 위한 전략을 짠다. 그는 진실이 아니라 자신의 죽음 뒤에도 여전히 살아 있을 사람들을 위한 거짓을 만들어내는 데 최선을 다하고, 그 거짓을 통해 시적 정의를 실현한다. 다시 말하자면 이 소설은 비통하고 억울한 자들에게 어떻게 정의를 되돌려줄 수 있는지 고뇌하지만, 그 선택에 있어 법이 아닌 문학이 취할 수 있는 다른 길은 무엇인지 보여준다. 이 소설은 SF의 외연을 끌어오고 있지만 이미 그 안에서 소설이란 무엇인가에 대해 자문자답하고 있는 훌륭한 메타소설이기도 했다. 인간이 만들어내는 패턴을 벗어나는 가장 근사한 거짓말을 구성해내는 일, 소설의 연금술에 대해 이토록 멋진 답변을 안겨준 수상자에게 감사한 마음을 전한다. 수상을 진심으로 축하드린다.

권희철(문학평론가)

『그믐, 또는 당신이 세계를 기억하는 방식』은 독보적인 작품이었다. 별로 심사를 한다는 기분도 느끼지 못했다. 읽는 내내 마음이 아팠기 때문이다. 그런데 내가 읽은 것은 무엇이었을까. 아주 독특한 재능을 갖고 있는 소년과 소녀가 서로를 알아봤기 때문에 사랑에 빠지고 사랑에 빠진 줄도 모르는 채 서로를 그리워하다가 성인이 되어 재회하는 애틋한 연애담? 미래를 알게 되었기 때문에 그에게 주어진 고통스러운 결말을 피할 수도 있었지만, 그 결말을 피하려 한다면 내내 그리워했던 여자와도 만날 수 없었기 때문에, 기꺼이 고통스러운 결말을 선택할 수밖에 없었던 남자의 사랑 이야기? 그것이 비록 정당방위였다고 하더라도 어쨌거나 누군가의 아들을 죽인 셈이므로 아들을 잃은 어머니의 발작적인 고통을 끝까지 감당하고도 감당할 수 없을 때까지 감당하다가 자발적으로 죽임을 당하는 남자의 속죄 이야기? 아들이 죽고 없어진 상황을 견딜 수 없어서 아들의 인생을 거짓말로 장식하며 간신히 버티다가 거짓말이 붕괴되자 견디지 못하고 살인을 저지르는 미친 여자의 모성에 대한 이야기? 남자가 죽고 나서야 그가 해온 귀엽고 사랑스러운 거짓말이 사실은 믿을 수 없는 진실임을 깨닫고 '도대체 너는 누구였어?'라고 절박하게 물어야만 했던 여자의 이별 이야기? 이 모든 이야기가 뒤엉켜 있었다. 뒤엉켜 있다기보다 저마다의 이야기를 가지고 있는 인간들이 부딪치고 어울리는 하나의 세계를 이 소설이 담아내고 있는 듯했다. 저마다의 이야기를 가지고 있는 인간들이 부딪치고 어울리는 이야기. 번다하고 시끌벅적하지만 그것들 모두가 저마다 설득력을 가지면서 동시에 서로 연결되어 하나의 덩어리를 이루는 이야기. 이것은 장편소설의 기본에 해당할지도 모르지만, 그런 기본을 갖춘 장편소설을 실제로 만나기는 대단히 어려운 일이다.

한 가지 더. 이 소설의 설정상 시공간연속체는 인간과는 다른 방식으로 시간을 체험한다. 시간에 앞과 뒤가 있으며 시간은 앞에서 뒤로만 흐를 수 있고 그것을 단 한 번만 체험할 수 있다는 인간적 형식과 다른 형식이 있다면 어떨까. 시간에는 앞뒤가 없으며 각 장면들에는 올바른 순서가 없고 그것을 언제나 다른 순서로 다시 체험해볼 수가 있다면? 이 소설의 형식은 정확히 이 질문에 맞춰서 구성되어 있다. 이것이 SF적인 흥미로움일까? 꼭 그런 것 같지만은 않다. 형식의 관점에서 볼 때 소설이 기억을 통해 시간의 문제를 다루는 물건이라는 점에서, 『그믐, 또는 당신이 세계를 기억하는 방식』이 여느 평범한 소설가 소설보다 훨씬 더 깊이 있게 소설이라는 물건을 들여다보고 있다고 느꼈다. 도대체가, 이 작품을 지지하지 않을 수가 없었다.

김도연(소설가)

『그믐, 또는 당신이 세계를 기억하는 방식』은 호칭을 여자, 남자, 아주머니로 했는데 굳이 그렇게 한 까닭이 궁금했다. 갑작스럽게 등장한 '우주 알'을 어떻게 이해해야 할지 난감했다. 아주머니의 칼에 남자가 찔려 숨지는데(물론 남자의 자의적인 선택일 수도 있지만), 결국 그렇게 된다면 아주머니의 아들을 죽인 남자와 다를 게 뭐가 있는가 하는 생각이 들었다. 출판사에 근무하는 여자 이야기에 상당한 분량을 할애했는데 그만큼 여자가 소설에서 담당하는 역할이 있는가 하는 의문이 들었다. 아주머니가 남자의 행적을 귀신처럼 찾아내는 게 신기했다. 어린 아들을 잃은 아주머니의 애통한 심정은, 십여 년 넘게 계속되는 고통은, 폐인이 되어가는 어머니의 삶은, 이 소설의 여러 장치들을 일시에 뛰어넘는 숨길 수 없는 힘이었다. (이 작품이 당선작으로 결정되기 전의 독후감이다. 결국 나는 집으로 돌아와 이 소설을 다시 읽어야만 했다.)

처음부터 다시 읽었다. 함께 심사를 했던 젊은 평론가는 이 소설을 읽으면서 몇 번이나 울었다고 했다. 다시 읽기 전에 나는 촌스럽게 울지 않으려고 다짐했다. 밑줄을 죽죽 그으면서 읽었다. 작가는 무엇이 사실이고 무엇이 거짓인지를 흩뜨려놓았다. 그러면서 이름의 가운데에 '강'자가 들어가는 남자의 입을 빌려 마지막 한마디를 남긴다. 그동안 남자는 속말을 한마디도 하지 않았다.

"지금까지 내가 해온 모든 거짓말들은 다 잊더라도, 이 말만은 기억해줬으면 해. 널 만나서 정말 기뻤어."

그래, 당선작이다.

류보선(문학평론가)

『그믐, 또는 당신이 세계를 기억하는 방식』은 모처럼 만난 묵직한 소설이었다. 이 작품은 죄와 속죄라는 형이상학적인 문제를 정면으로 다룬다. 가해자와 피해자, 죄와 속죄, 반성과 용서 등의 문제는 죄의 처벌이 법체계에 의해 독점됨으로써 한없이 복잡해진 실존적 과제이다. 법의 처벌을 받은 가해자들은 이미 죗값을 치른 것이 되므로 죄책감으로부터 자유로워지는 한편 피해자에게조차도 죄의식을 느끼지 않는 역설적인 상황이 일상적으로 벌어지는 것이 오늘날의 법 현실임을 감안한다면, 속죄의 문제란 정말 간단치 않은 문제인 셈이다. 여기에 세상의 오만과 편견이 개입되면서 가해자는 피해자로, 피해자가 가해자로 전도되고 오도되는 경우도 자주 발생한다는 점을 감안하면, 속죄의 문제는 오늘날 우리 삶에 숨겨진 또하나의 본질적인 화두라 할 만하다.

『그믐, 또는 당신이 세계를 기억하는 방식』은 이렇게 죄와 속죄, 반성과 용서의 관계가 복잡하게 뒤엉킨 오늘날의 현실 속에서 진정한 속죄란 가능하며 어떤 것이 진정한 속죄인가를 진지하게 묻고 그에 대한 충분히 설득력 있는 소설적 응답을 행한다. 높이 살 만한 또하나의 미덕은 이러한 묵직한 주제를 그야말로 소설적으로 형상화했다는 것이다. 이 소설은 한때의 살인 행위로 자기의 과거를 감추고 살아가는 남자와 그 남자를 계속 따라다니는 살해된 학생의 어머니의 추적담이 주를 이루는바, 이 운명적인 추적담 속에 죄와 속죄라는 무거운 주제를 아주 자연스럽게 스며들게 한다. 뿐만 아니라 이 소설에 핵심적인 장치라 할 만한 '우주 알'이라는 환상적 사물도 흥미롭다. 『그믐, 또는 당신이 세계를 기억하는 방식』은 자신에게 가해지는 폭력에 복수로 대응했던, 그러나, 그래서 참혹한 복수 이후를 반성적으로 살아가는 주체들의 진정성을 '우주 알'이라는 '신체 없는 기관'으로 상징화한다. 그리고 이 상징물을 이 사람 저 사람에게 옮겨다니게 하는데, 이 '우주 알'의 자립적 운동은 환상적이면서도 독특한 분위기를 만들어내는 한편 말하고자 하는 바 그대로를 자연스럽게 전달한다. 자칫 노골적인 사변으로 흐를 가능성이 높은 소설을 풍부하게 만든 '신의 한 수'라고나 할까. 한마디로 『그믐, 또는 당신이 세계를 기억하는 방식』은 문학동네작가상의 이름과 취지에 전혀 손색이 없는, 아주 오랜만의 '바로 그 작품'이었다.

신수정(문학평론가)

『그믐, 또는 당신이 세계를 기억하는 방식』은 소설을 분절하는 소설 속 세 개의 표제 '패턴/시작/표절'의 형식에서 알 수 있듯이 세 가닥의 이야기가 서사를 이끌어가는 작품이다. 일진으로부터 놀림을 받다가 엉겁결에 그 아이를 칼로 찔러 죽이게 된 남자, 그 남자의 과거를 잘 알고 있을 뿐만 아니라 그 이야기를 다룬 소설 응모작을 읽고 결국 그와 사랑에 빠지게 되는 여자, 그리고 그 남자의 칼에 의해 아들을 잃은 여자 등 이 소설은 제각기 다른 관점을 지닐 수밖에 없는 세 인물의 서사를 정교하게 뒤섞어놓는다. 구상이 절묘하고 거침이 없으며 그를 뒷받침하는 문장 역시 간결하고 정확하다. 특히 빼곡하게 들어찬 지문 대신, 가급적 따옴표 없는 대사로 서사를 진행함으로

써 시각적 쾌감과 가독성을 높이고 있는 점은 이즈음의 독서 인구 하락세를 생각하면 영리한 방책이었다는 생각도 든다. 여러모로 장점이 많은 작품이라고 할 만하다. 그런데 나로선 바로 이 부분이 석연치 않은 것도 사실이었다. 잘 짜여진 이야기라는 생각은 들지만 그 이야기의 진정성이랄까, 미묘한 질감이라고 할까, 도무지 어찌할 수 없는 삶의 감각이라고 할까, 소설만이 지니고 있는 어떤 매력이 잡히지 않는 느낌이었다. 일본풍의 만화영화를 보고 났을 때 종종 만나게 되는 어떤 인공의 느낌. 그것을 장르 감각이라고 해도 좋고 세대 감각이라고 해도 좋겠다. 나로선 이 소설의 작위성에 유혹되기 쉽지 않았다.

이기호(소설가)

『그믐, 또는 당신이 세계를 기억하는 방식』은 학교 폭력으로 동급생 학우를 살해한 뒤 구 년 형기(정신병원 구금기간은 뺀)를 마치고 출소한 주인공 남자와, 그에게 아들을 잃은 어머니를 전면에 배치한 소설이었다. 처음 읽을 땐 그저 먹먹하기만 했지만, 두번째 읽을 땐 장편소설의 한 전형을 제대로 보여준 것만 같아, 이 땅에서 함께 소설을 쓰고 있는 한 사람의 마음에 작은 질투와 커다란 부러움을 불러일으켰다. 그 전형이란, 바로 '사건 이후의 사건'일 것이다. 장편의 핵심은 어쩌면 '사건' 그 자체가 아니라, 그 '사건'이 야기한 그뒤의 '사건'에 있을 것이다. 그것을 어떻게 처리하고 보여주느냐에 따라 단편소설과는 다른, 장편소설만의 읽는 맛을 더해주리라. 그런 점에서 『그믐, 또는 당신이 세계를 기억하는 방식』은 치밀한 전략가의 소설처럼, '사건 이후' 주인공 남자의 의지를, 아들을 잃은 어미의 슬픔을, 담담하고 미워할 수 없게, 또 결국 가슴 아프게 직조해나갔다. 어찌 보면 지극히 감상적일 수도 있고, 또 어찌 보면 별거 아닐 수도 있는 서사가 왜 이토록 사람의 마음을 끌었을까? 생각해보니, 거기엔 이 소설의 또다른 한 축인 '여자'가 있었다. 남자와 아들을 잃은 어머니 사이에 존재하는 이 '여자'의 캐릭터는 너무도 평범하고 또 너무도 리얼해, 남자와 어머니의 서사를 더 부각시키고 입체화하는 효과를 가져왔다(하지만, 그럼에도 역시 이 소설의 장점은 아들을 잃은 어머니, 손에 잡힐 것만 같은 그 어머니의 말들이었다). 그 누구 한 명 빼놓지 않고, 애정과 연민을 불러일으키는 캐릭터를 만들었다. 나는 그것이 '기억'이니 '시간'이니 하는 것들보다 훨씬 더 커다란 이 소설의 미덕이라고 생각한다. '누구 한 명 빼놓지 않는다는 것', 그것이 장편소설의 생명이다. 당선을 축하드리고, 다음 작품도 질투와 선망의 마음을 간직한 채 기다리겠다. 그 기다림을 곧 끝내주길 바란다.

천운영(소설가)

『그믐, 또는 당신이 세계를 기억하는 방식』은 심사를 마치고 난 후에 더 깊게 읽게 된 작품이었다. 잘 짜여진 소설이었다. 기본적으로 이야기를 직조해내는 능력이 뛰어난 작가였다. 그래서 오히려 의심의 눈초리를 주게 되었는데, 이 작가가 정교한 클리셰에 능한 사람이 아닌가 하는 것이었다. 하지만 작품을 다시 읽고 난 다음 의심은 사라지고 강한 믿음이 생겼다. 이 작가, 현실을 직시하는 충실함에 둥지를 틀었다. 그 둥지 안에서 알을 깨고 부화한 것은 뭉클한 감동이다. 이 작가의 둥지 안에는 이야기를 품은 어린 새들이 더 많이 들어 있을 것 같다. 털갈이를 마치고 날아오를 준비까지 모두 끝낸 어린 새들. 이제 날아오를 일만 남았다. 앞으로 보여줄 힘찬 날갯짓이 너무나 궁금하다.

"미안합니다. 아내가 부르기 때문에
나는 가야만 합니다."

권희철

깜빡 속았다. 그랬다는 느낌이었다. 응모자들의 이름이 지워진 심사과정에서 나는 『그믐, 또는 당신이 세계를 기억하는 방식』(이하 『그믐』)의 작가가 남성적인 목소리도 상당히 흉내낼 줄 아는, 그러나 역시 도발적인 매력과 여성적 섬세함을 미처 다 감출 수 없었던 신인작가라고 확신했다. 이 익명의 여성 작가와 만날 생각에 나는 남몰래 가슴 떨기까지 했던 것인데, 도대체가, 장강명이라니. 장강명이라면, 압도적인 무공으로 순식간에 상대방을 제압해버리면서도 자신이 어떤 초식을 쓰고 있는 것인지 굳이 우렁차게 말로 설명해대는, 준수한 외모를 지녔지만 도덕적 강박관념에서 벗어나지 못해 자신의 매력을 반감시키면서도 작가의 호의에 힘입어 무수한 미녀들의 사랑을 받는,

대의를 위한답시고 결국은 자신의 가장 소중한 무언가를 허무하게 잃고 난 뒤에야 광기 어린 발작 끝에 천하의 악당이 되었다가 끝에 가서는 실망스럽게 회개해버리는, 무협지의 등장인물에 어울리는 이름이 아닌가.

이런 사정 때문에 나는 조금 억울한 심정이었다. 그랬지만 얼마 안 있어 다른 의미로 억울해지기 시작했다. 인터뷰를 기다리는 동안 장강명 작가의 전작들을 읽었기 때문이다. 이다지도 흥미로운 작가에 대해 나는 왜 그동안 알지 못했던 것일까?『표백』(2011),『뤼미에르 피플』(2012),『열광금지, 에바로드』(2014),『호모도미난스』(2014)의 작가 장강명은 매번 이 세계의 구조 같은 것에 관심을 드러냈고 그것을 해명해내고자 했으며 그 해명에는 언제나 설득력이 있었다. 게다가 그런 세계 안으로 던져진 인물들의 좌충우돌에는 독자를 꼼짝 못하게 하는 매력이 있었다. 내가 보기에 이 작가는 아주 단단하게 뭉쳐져 매력적인 무게를 갖게 된 이야기를 세계 안으로 던져넣어서 세계의 중력장을 비틀어버리고자 하는 욕망을 부주의하게도 그다지 숨기지 못하는 것 같았다("난 여느 소설보다 훨씬 더 대단한 걸 쓰고 있다고. 공산당 선언과 대중소설 둘 중 하나만 쓸 수 있다면 어떤 기회를 붙잡고 늘어져야 해?",『표백』, 143쪽; "진짜 갈등과 고통은 제대로 등장하지 않고, 작품은 일반인도 오덕도 부담 없이 낄낄대며 즐길 수 있는 발랄한 헛소동을 지향한다. 그런 게 유행인 시대다. 대형서점의 국내문학 코너를 작고 예쁜 표지의 경장편들이 점령한 이유도 이것이다",『열광금지, 에바로드』, 21쪽). 물론 이 부주의가 내게는 특히 매력적으로 보였지만. 그러니까 전형적인 오타쿠의 외모를 지닌 아저씨가 인터뷰에 나오더라도 난 이미 반할 준비가 되어 있었던 것이다.

우리는 합정역에서 만났다. 그는 오타쿠처럼 보이지는 않았다(그는 차라리 순진하고 얌전하며 모범적인 대학원생처럼 보였다. 작품이 풍기는 인상과 달리 무척 선하고 부드러워 보인다고 말하자, 그는 보기와는 다른 성격이라고 답했다. 그다지 믿기지 않는 대답이었는데, 얼마 지나지 않아 수긍할 수밖에 없었다). 『열광금지, 에바로드』는 일본 TV 만화 〈신세기 에반게리온〉에 대한 상당한 이해를 바탕으로 하고 있었기 때문에, 장강명 작가가 나와 비슷한 열정을 공유하는, 말하자면 아야나미 레이를 사랑하면서도 어쩔 수 없이 가츠라기 소령에게 끌리는 마음 때문에 죄책감을 느끼는 은덕(은근히 오타쿠)이라고 나는 막연히 추측했던 것인데, 이번에도 또 완전히 속은 걸로 판명됐다. 연희동의 한 중국음식점으로 자리를 옮겨 그가 칭타오 맥주를 마시느라 방심한 틈을 타, 내가 〈은하영웅전설〉과 〈기동전사 건담〉 〈신비한 바다의 나디아〉 그리고 무엇보다 〈신세기 에반게리온〉에 대한 내 은밀한 열정을 고백하려고 했을 때, 그는 내 말을 거의 제지하면서 이렇게 말했다(녹음을 하지 않아서 정확한 문장은 아니지만 거의 이런 뜻이고 거의 이런 뉘앙스였다). "오타쿠들은 늘 자신들이 소수이며 또 학대받는다고 묘사합니다. 하지만 가만 보면 오타쿠적 취향을 즐기지 않는 사람들이 거의 없는 것 같아요. 문학평론가조차도 사정이 이와 같지 않습니까. 오타쿠는 소수도 아니고 학대받지도 않아요. 차라리 오타쿠가 주류처럼 보이기도 합니다. 하지만 나는 〈신세기 에반게리온〉을 좋아하지 않습니다. 자그마한 상처를 부풀려서 자기연민을 즐기느라 방구석에 처박혀 있는 이카리 신지에게 나는 조금도 공감할 수 없었습니다." 단둘이 앉아 있는 식탁에서 나는 내가 소수이며 또 학대받는 것처럼 느껴졌다.

장강명 작가와의 대화는 내게 조금 기묘한 인상을 줬는데, 그는 부드럽게 웃으며 부담스러울 정도로 깍듯한 존댓말을 써서 내가 대학원생 제자와 저녁식사를 하는 듯한 착각을 불러일으켰지만(그는 나보다 세 살 위인데, 어떤 남자들은 고작 삼 년 차이에도 "난 너보다 세 살이나 많지만 너에게 형처럼 굴 생각은 없어. 편하게 대해. 편하게. 알잖아, 나 그런 사람 아닌 거"라고 말하면서 불편하게 한다. 왜들 그러고 사는지 모르겠다. 나보다 세상에 먼저 나오는 바람에 세상이 이 지경인 데 대해 나보다 더 큰 책임이 있다는 것말고는 내세울 게 없는 걸까. 장강명 작가는 그런 부류의 인간들에게 깍듯하게 대하면서 무시할 것만 같은 인상이었다), 최대한의 예의바른 겉모습과 달리 그 내용은 곱씹어볼수록 자신감이 넘치고 단호한 것이어서 약간은 거만해 보일 지경이었다. 어느 분야에 대해서라도 할말이 많고, 그 말들을 차분히 정리해놓았으며, 그것을 드러내는 데 주저함이 없고 거기서 논쟁이 시작되는 것을 두려워하지 않는 거만함이어서, 그게 다 내게는 매력적으로 보였다. 사실 논쟁은 시작되지도 않았는데 그가 하는 말이 상당히 설득력이 있었기 때문이다. 내가 그의 생각들에 적극적으로 동의할 뿐 아니라 이미 그의 소설들을 좋아하게 되었다고 고백하느라 시간을 다 보내버린 것 같다. 그와 헤어지면서 이런 생각이 떠오른 건 당연하다. 하라는 인터뷰는 안 하고. 수상작가 인터뷰, 어떻게 하지?

그가 내게 무슨 말을 해줬더라. 딱히 부자는 아니지만 경제적인 어려움을 겪어보지 않은 서울의 중산층에서 나고 자랐다고 출신성분을 소개했던가. 그런 분위기 속에서 건전한 과학소년이 되어 추리소설과 SF의 팬으로 유년기를 보냈다고 했던 것 같다. 추리소설과 SF. 헝클어져 있는 사건들을 합리적으로 재구성하고 수수께끼를 풀어내면서 문제를 해결하는 것, 혼돈스러워 보이는 현실세계를 자신만의 규칙으로 재구성해서 사고思考의 실험실을 만들어 우리 삶을 거기에 집어넣고 그 결과값을 기다려보는 것, 이 사고실험이 결국 세계를 좀더 괜찮은 방향으로 만들 것이라는 믿음, 그게 안 된다면 적어도 이 세계가 처한 문제를 좀더 뚜렷하게 드러내게 될 것이라는 낙관적인 믿음을 확인하는 것. 장강명 어린이는 그런 것들을 훈련하면서 커왔으니까 공대생이 되는 것도 자연스러운 일이었을 것 같다. 딱히 소설을 쓴다기보다 추리소설과 SF의 팬으로서 자신이 그걸 직접 써보기도 했는데(나는 이걸 좋아한다. 그래서 나는 그걸 직접 해보기로 마음먹었다. 마음먹었으므로 실행해버렸다. 장강명 작가의 말투는 대체로 이런 식이었던 것 같다. 아무래도 무협지의 주인공 같았다), 대학생이 된 1994년부터 PC통신 하이텔 과학소설동호회에서 활동했고 거기에 연재했던 소설이 군 휴학중 『클론 프로젝트』(1996)로 출간된 적도 있다(그는 이것을 '흑역사'라고 설명했다. 그는 겸손한 타입이 아니니, 아마 진심으로 성에 차지 않는 작품이었던 것 같다. 찾아 읽고 놀려주고 싶었지만 그에게 여러 번 속았기 때문에 의외로 괜찮은 작품일 것 같다).

그는 대학 시절 『월간 SF 웹진』을 창간하고 운영했다는데, 자세한 사정은 듣지 못했지만 아마 거기서 재야의 고수가 됐던 것 같다. 그는 대략 이렇게 말했다. "하지만 비슷한 것을 좋아하고 비슷한 것을 쓰는 사람들끼리 서로 애정을 고백하는 분위기가 나는 좀 답답했습니다. 그 답답함에서 작가의식 비슷한 게 처음 생긴 게 아닌가 싶어요. 다른 걸 좋아하고 다른 걸 쓰는 사람들끼리 모여 있는 곳에서는 내가 지금 쓰고 있는 게 어떻게 받아들여질까 이런 게 궁금했어요. 그래서 소설이라는 것을 한번 써봐야겠다고 생각했어요. 그전에도 뭘 계속 써왔지만 소설을 쓴다는 생각을 하지는 않았어요. 그냥 SF를 썼습니다." 마치, 한 동네를 평정한 실력자가 중원으로 진출하는 듯한 인상. 명문 도장들을 찾아다니며 간판을 깨뜨려버릴 것 같은 기대감. 지금 공모전마다 다 당선되는 그의 이력을 보면 내가 받은 인상이 완전히 허황된 것은 아닌 것 같다.

그는 소설을 써봐야겠다고 생각하고는 소설을 써서 데뷔했고, 기자라는 번듯한 직업을 때려치우고 전업작가가 되기로 마음먹은 뒤에는 전업주부가 되었다. 전업주부. 그것이 그의 표현이었는데, 이 자신만만한 사내가 이 점에 대해 설명할 때에는, 퇴근한 아내에게 깨끗하게 청소된 집을 보여주며 칭찬받기를 기대하는 남편처럼 보였다. 그러니까 '전업작가가 되기로 마음먹었지만 전업주부'라는 것은 겸손한 표현이기보다, 나는 누군가의 뒷바라지를 받으며 전업작가가 된 것이 아니라 누군가의 뒷바라지를 하면서 전업작가가 된 것이라는, 다시 한번 자신감의 표현인가? 전업작가에게는 언제나 생계의 문제가 장애물이 되는데 그것 때문에 그는 공모전의 상금을 타야겠다고 마음먹고 계속해서 상금을 휩쓸고 있는 중이다. 그는 이렇게 덧붙였다. "공모전은 이제 그만 낼까봐요. 이 정도면 된 것 같아요." 타고 싶은 만큼 공모전 상금을 탈 수 있다는 건가. 그는 겉보기와는 달리 약간 기가 질리게 하는 타입의 남자인 것 같았다.

소설에 대한 그의 생각들을 여기에 다시 길게 옮겨적을 필요는 없을 것 같다. 예상한 바와 같이(누구라도 그의 소설을 읽으면 그렇게 예상하게 된다) 그는 한 사람의 깊은 상처에 골몰하는 것에는 별 관심이 없었고 세계에 관심이 없는 이야기라면 그가 먼저 관심 없어했고, 그는 무엇보다 세계를 이해하고 싶어했고 그 세계에 개입하는 이야기를 만들고 싶어했다. 그의 욕망이 그의 작품 안에서 상당한 수준에서 실현되었다고 나는 생각한다. 그러나 여기서 질문. 그렇다면 장강명 작가에게 『그믐』은 무엇입니까? 이 작품에서 두드러진 것은 이 소년과 소녀의 대화 장면의 아주 구체적이고 섬세한 질감이라거나 두 사람의 마음의 엇갈림, 애틋함 이런 것이 아닙니까? 그것은 장강명 작가가 관심이 없다고 했던 부류의 이야기가 아닙니까? 그러니까 이 작품은 작가에게 별로 중요하지 않은 작품인 겁니까? 심사위원들이 정작 작가 본인은 관심도 없고 중요하게 생각하지도 않는 그런 걸 지지하면서 수상작으로 꼽은 것입니까? 음식은 별로 먹지도 않고 막힘없이 말하고 있던 작가가 이 대목에서 처음으로 삼 초쯤 망설였던 것 같다. 그리고 아마 이렇게 말했던 것 같다.

"아닙니다. 전혀 그렇지 않습니다. 그런 방식으로는 생각해보지 못했네요. 내가 어떤 이야기에 관심이 있는지 어떤 이야기에 그렇지 않은지에 대한 지적은 확실히 옳습니다. 『그믐』은 내가 평소에 쓰려고 했던 종류의 소설은 아닙니다. 하지만 내가 목표로 한 것이 아니라고 해서 그것이 내게 중요하지 않은 것은 아닙니다. 그것이 나의 목표는 아니었지만 나는 『그믐』의 성취가 가장 높다고 생각합니다. 그것을 쓰면서 나는 즐거웠습니다." 이 답변이 조금 이상했더라면 나는 아마도 장강명 작가를 의심했을 것이다. 나는 이렇게 생각한다. 세계에 관심이 없는 작가에게서 힘있는 작품을 기대하기는 어려울 것이다. 하지만 개별적인 인간들의 마음, 그것의 깊이에 대해 관심이 없는 작가라면 대체 그 힘이 있다 한들 무슨 소용이 있겠는가. 『그믐』의 작가가 『표백』 등등을 이미 써버렸다는 사실이 내게는 특별하게 느껴졌고 장강명 작가가 이 두 종류의 소설을 함께 해내는 작가가 아니었다면 나는 아마 그를 지금보다는 덜 좋아했을 것이다. 하지만 그는 무엇보다 『표백』(세계의 해명과 세계를 움직이는 힘에 대한 탐구 및 그 힘을 발휘하고자 하는 의지)의 작가였고, 지금은 『그믐』(마음의 해명과 마음의 매듭을 묶고 푸는 힘에 대한 탐구 및 그 힘을 발휘하고자 하는 의지)의 작가가 됐다. 그가 『그믐』의 성취에 대해 스스로 과소평가했다면 나는 그의 안목에 대해 신뢰하기 어려웠을 텐데, 그는 양쪽 작업을 자각적으로 하고 있었던 것 같다. 이런 믿음직한 작가 같으니라고.

장강명 작가는 『클론 프로젝트』를 제외하고도 등단한 지 사 년 만에 네 권의 책을 출간했는데, 출간을 기다리고 있는 책이 또 네 권이란다. 그는 정말이지 전업작가인 것이다. 묻지도 않았는데 앞으로 쓸 소설의 성격에 대해 말하면서 이런 식으로 말했던 것 같다. "글을 쓰는 사람들이 자기 스타일을 고수하면서 책을 읽지 않는 세태를 한탄하는 것은 자기 무대를 스스로 위축시키는 것 아닙니까? 나는 책을 읽지 않는 사람들이 사보고 싶은 책을 쓰고 싶습니다. 베스트셀러를 만들고 싶습니다." 이 말은 오해되기 쉬운 말이지만 내가 듣기에 이것은 돈을 많이 벌고 싶다는 것과는 별 관련이 없는 말 같았다. 그는 세계에 대해 관심이 있었고 그 안에 살고 있는 사람들에게 관심이 있었고 자신이 이해한 세계에 대해 많은 사람들에게 말 걸고 싶어했다. 그 말 걸기 속에서 세계의 중력장을 바꾸고 싶어했다. 그렇다면 알타미라 동굴 속에 들어가서 신만이 알아볼 수 있는 벽화를 그릴 수는 없지 않은가. 엄청난 인파가 몰리는 대도시의 한복판에 모두가 볼 수 있는 어떤 사인을 그려야 하지 않는가. 그는 아마 베스트셀러를 만들 것이다. 흥밋거리인 줄 알고 펼쳐봤는데 자꾸 뭔가를 생각하게 만드는 팸플릿 같은 것을. 팸플릿처럼 가볍고 빠르게 읽혔는데 다 읽고 나니 두툼하고 간단치 않은 장편소설로 판명되는 것을. 그는 지금까지 마음먹은 것을 해왔으니까 실제로 그렇게 해버릴 것 같다.

여기까지 이야기하고 생각했을 때 네 시간쯤 지났고, 우리가 떠들던 음식점은 마감시간이 다 됐다. 약간은 팬심을 가지고 즐겁게 이야기를 나눴지만, 제대로 된 작가 인터뷰에서 나올 법한 질문 같은 것은 꺼내지도 못했다. 과학소년 시절의 에피소드라거나, 데뷔 전에 썼던 작품들 중에서 가장 좋아하는 작품 소개라거나, 전업작가의 일상이라거나, 기자의 글쓰기와 작가의 글쓰기의 차이라거나 기타 등등. 하지만 아직 저녁 열시였으니까, 일반적으로 작가들에게 이런 시간이 별로 늦은 시간은 아니니까, 간단히 차나 맥주를 좀더 하면서 오늘 내게 주어진 일, 인터뷰에 충실하기로 나는 마음먹었다. 내가 마음먹은 것에 대해 작가에게 말했더니 그는 이렇게 대답했다. "미안합니다. 아내가 부르기 때문에 나는 가야만 합니다." 이런 단호한 사람. 마음먹은 것을 실행해버리는 것은 아무나 하는 것이 아닌 것이다.

아마 시간이 좀더 있었으면 그의 아내에 대해서도 물었을 것 같다. 그는 중간중간 아내에 대해 이렇게 언급했던 것이다. 아내는 그의 원고의 첫 독자인데 매우 엄격한 독자여서 아내를 즐겁게 할 수 있는 원고라면 어디 내놓을 때 자신감 같은 것이 생긴다고.『표백』도『그믐』도 아내의 엄격한 심사를 통과한 작품이었다고. 그가 전업작가가 되기로 마음먹었을 때 그 결심을 지지하고 응원해준 것도 아내였다고. 내가『그믐』의 '보람'을 지목하면서 어떻게 남성 작가가 이렇게 여자라고 느껴지는 여성 인물을 만들어낼 수 있었느냐고 물었을 때는, 그것은 아내의 성격을 관찰하고 묘사한 덕분이라고도 했다. 아, 그런 아내가 부른다니, 나는 붙잡을 수가 없었던 것이다. 어떤 남자는 사랑하는 여자에게 잘 보이기 위해 훌륭한 인물이 되기도 하는데, 장강명 작가가 그런 타입은 아닌지 잠깐 의심해보기도 했다. 그런데 그런 남자들은 대체로 무협지에 많이 나오지 않나? 정말이지 이 사내에게는 장강명이라는 이름이 어울리는 것 같다.

문학동네 장편소설

그믐, 또는 당신이 세계를 기억하는 방식

ⓒ 장강명 2015

1판 1쇄 2015년 8월 8일
1판 27쇄 2024년 5월 31일

지은이 장강명

책임편집 황예인 | 편집 정은진 김내리 | 디자인 최윤미 이주영
저작권 박지영 형소진 최은진 서연주 오서영
마케팅 정민호 서지화 한민아 이민경 안남영 왕지경 정경주 김수인 김혜원 김하연 김예진
브랜딩 함유지 함근아 고보미 박민재 김희숙 박다솔 조다현 정승민 배진성
제작 강신은 김동욱 이순호 | 제작처 영신사

펴낸곳 (주)문학동네 | 펴낸이 김소영
출판등록 1993년 10월 22일 제2003-000045호
주소 10881 경기도 파주시 회동길 210
전자우편 editor@munhak.com | 대표전화 031) 955-8888 | 팩스 031) 955-8855
문의전화 031) 955-2696(마케팅) 031) 955-1922(편집)
문학동네카페 http://cafe.naver.com/mhdn
인스타그램 @munhakdongne | 트위터 @munhakdongne
북클럽문학동네 http://bookclubmunhak.com

ISBN 978-89-546-3723-7 03810

www.munhak.com

문 학 동 네 작 가 상　수 상 작

제1회 나는 나를 파괴할 권리가 있다 김영하
비범하고 충격적인 신예의 탄생을 알린 문제작. 매혹적인 죽음의 미학을 탁월하게 형상화하여 한국
문학의 새로운 장을 열었다.

제1회 식빵 굽는 시간 조경란
식빵 굽는 냄새와 함께 펼쳐지는 서른을 앞둔 여성의 황량한 내면 엿보기. 미혹으로 가득찬 인간관
계의 부조리함을 탄탄하고 세련된 문체로 드러낸다.

제2회 마요네즈 전혜성
붕괴해가고 있는 우리 시대 가족의 현주소를 적나라하게 파헤친 문제작. 가족과 모성애, 사랑의 이
름으로 희생된 '여자' 어머니에 대한 새로운 발견과 통찰이 빛난다.

제4회 기대어 앉은 오후 이신조
삶의 다의적 진실을 꿰뚫어보는 섬세한 감성, 연민과 관용, 정밀한 심리 묘사 등과 같은 여성적 미학
으로 현대사회에서 훼손된 영혼들 사이의 교신을 형상화한다.

제5회 모던보이—망하거나 죽지 않고 살 수 있겠니 이지민
통념을 깨뜨리는 발상과 거침없고 재치 넘치는 표현으로 삶의 권태를 가로지르는 한바탕 백주의 활극.

제6회 동정 없는 세상 박현욱
야하면서도 건전하고 불순하면서도 순수한 젊은 호흡으로 성장 없는 독특한 성장소설, 동정童貞/同情
없는 우리 시대의 뛰어난 우화를 완성해냈다.

제8회 지구영웅전설 박민규
과연 우리의 상상력은 어디까지가 온전히 우리의 것인가. 되묻게 만드는 엉뚱하고 기발하고 유쾌한
만화적 상상력과 독특한 구성력이 돋보인다.

제9회 어느덧 일주일 전수찬
발랄하고 상쾌한, 연상녀+연하남 커플의 유쾌한 일주일. 생을 쿨하게 바라보는 시선, 물 흐르듯 자
연스러운 경쾌한 입담, 인물들에 대한 야릇한 호기심이 읽기의 충동을 유지시킨다.

제10회 악어떼가 나왔다 안보윤
날카로운 시선으로 인간 본성의 모순, 우리 사회의 병리적 현상을 풍자하고 조롱해나간다.

제11회 내 머릿속의 개들 이상운
희극적인 상황 설정과 풍자적인 어법에서 시대 상황을 관통해 지나가는 힘이 느껴진다. 적당히 과장
된 인물들이 벌이는 한바탕의 소란은 우리 시대의 흥미로운 우화가 되어준다.

제12회 달의 바다 정한아
인물들이 빚어내는 따뜻함이 생에 대한 냉정한 통찰과 어우러져 균형을 이룬다. 아픔을 부드럽게 감
싸는 긍정, 가볍게 뒤통수를 치는 듯한 반전의 경쾌함이 돋보인다.

제14회 아무도 편지하지 않다 장은진
여운을 남기는 압축적 구성과 작품 곳곳에 따뜻하게 배어 있는 명징한 유머가 묘한 아픔을 수반하고
있다.

제15회 사라다 햄버튼의 겨울 김유철
관계의 가능성이란 그 불가능성을 받아들이는 것에서부터 시작된다는, 이 역설적 진실은 소박하지만 잔잔한 울림을 남긴다.

제16회 죽을 만큼 아프진 않아 황현진
삶의 진창을 넘어서고자 애쓰는 한 소년의 고독한 성장기를 과장된 상처 없이, 자기연민 없이, 신선한 리듬이 살아 있는 위트 있는 문장으로 이야기한다.

제18회 시간 있으면 나 좀 좋아해줘 홍희정
거침없이 살기에는 너무 거친 이 시대를 자기만의 속도로 살아가는 나이든 소년/소녀들의 자화상. 타인의 고통에 민감하게 반응하고 그것을 따스하게 감싸안는 공감력은 이 소설만의 힘이라 하기에 충분하다.

제20회 그믐, 또는 당신이 세계를 기억하는 방식 장강명
고작 패턴으로 존재하는 인간은 어떻게 그 밖으로 나갈 수 있을까? 이 소설은 시간을 한 방향으로, 단 한 번밖에 체험하지 못하는 인간 존재의 한계를 근본적으로 성찰하고 있다.

문 학 동 네 대 학 소 설 상 수 상 작

제1회 코끼리는 안녕, 이종산
말하지 않은 채로 무엇인가를 강조할 줄 아는 소설. 저 매력적인 대화들은 우리가 아직 잘 모르는 새로운 스타일의 이야기가 시작되고 있는 것이라는 강력한 예감을 갖게 한다.

제1회 아프리카의 뿔 하상훈
탁월한 이야기꾼의 자질이 고스란히 드러난 작품. 치밀하게 자료조사를 하여 소설로 빚기까지의 노고와 작가의 공력이 고스란히 느껴진다.

제2회 브라더 케빈 김수연
읽는 내내 능청스러운 문장에 속수무책이고, 각 장이 매듭지어질 때마다 작은 감탄이 새어나온다. 매력적인 캐릭터 구축 능력, 자기 세대의 문제를 포착하는 시선 모두 남다르다.

제3회 초록 가죽소파 표류기 정지향
이 시대 대학생이 할 법한 고민 대부분을 정교한 플롯과 다양한 에피소드를 통해 매우 설득력 있게 전개한다. 작가가 서사를 장악하고 있기에 가능한 작품이다.

제4회 최선의 삶 임솔아
강렬하고 파괴적인 사건과, 그것을 바라보는 무감한 시선이 섬뜩한 충격을 안겨주는 소설. 불합리와 모순, 그리고 분노를 느끼며 경험하는 잔인한 성장의 일면을 지독히 사실적으로 그려낸다.

제5회 환상통 이희주
'빠순이'의 시선에서 들려주는 아이돌 팬덤에 대한 생생한 증언과, 그 사랑의 특수성에 대한 섬세한 기록을 만날 수 있게 해준다.